Disney Violetta

Disney Violetta

Meine Welt steht Kopf

Parragon

Bath • New York • Cologne • Melbourne • Delhi
Hong Kong • Shenzhen • Singapore • Amsterdam

Disney Channel

Die deutsche Ausgabe erscheint bei
Parragon Books Ltd
Chartist House
15–17 Trim Street
Bath BA1 1HA, UK
www.parragon.com

Realisation der deutschen Ausgabe:
trans texas publishing services GmbH, Köln
Übersetzung: Brit Düker, Frankfurt
Lektorat: Ulrike Reinen, Köln
Satz: Regine Ermert, Köln

ISBN 978-1-4748-1376-1
Printed in UK

Kapitel 1

Die Ferien waren zu Ende. Am meisten freute ich mich zu Beginn des neuen Schuljahres darauf, meine Freunde wiederzusehen, meine neuen Freunde. Wir teilten dieselben Träume, gemeinsam mit ihnen konnte ich meine wahre Bestimmung entdecken. Eine Bestimmung, die ich jetzt nicht mehr verstecken musste.

Ich fuhr zum Flughafen, diesmal aber nicht, um selbst zu verreisen, sondern um meine beste Freundin abzuholen: Francesca.

Während ich auf sie wartete, schloss ich die Augen und sah sie alle vor mir: Unsere Freunde tanzten und gaben mitten im Wartesaal eine Show. Eine beeindruckende Choreografie zwischen Koffern und Gepäckwagen, und aus den Lautsprechern des Flughafens ertönten unsere Stimmen. Ich schlug die Augen auf und hatte eines verstanden. Ich würde mich nie mehr einsam fühlen: Meine Freunde und die Musik würden für immer bei mir sein.

Auf einmal durchfuhr es mich: Francesca! Ich rannte los, um sie zu suchen, es konnte nicht wahr sein, dass ich meine Freundin vor lauter Tagträumerei verpasst hatte. Ich sah mich suchend um, bis mir endlich jemand auf die Schulter tippte. Als ich mich umdrehte, stand sie vor

Dmir: meine Herzensfreundin. „Woran hast du gedacht? Bestimmt an einen Jungen!", strahlte sie mich an, glücklich, mich wiederzusehen.

„Du weißt gar nicht, wie sehr ich dich vermisst habe!", sagte ich und machte einen Freudensprung.

Wir umarmten uns so heftig, dass wir beinahe hingefallen wären! Aber uns blieb nicht viel Zeit. Eine Gruppe von Fans wollte Fotos und Autogramme – von uns! Wir konnten es kaum glauben.

„Sie haben uns erkannt! Komisch – und genial!", rief Francesca.

Wir waren nach wie vor die Künstler mit den meisten Fans im Web. Und das Beste war, dass wir schon heute Abend die Party bei Youmix hatten, wo wir uns alle wiedertreffen würden!

Während wir darauf warteten, dass Angie, meine geliebte, schöne und wunderbare Tante, ihr Auto holte, brachten wir uns auf den neuesten Stand.

„Hast du das von Tomás gehört?", fragte Fran traurig.

„Ja, er bleibt in Spanien", antwortete ich. Wir hatten ein paarmal gechattet.

„Es geht ihm richtig gut. Er hat dort eine Band gegründet und ist happy."

Wir sahen uns eine Sekunde lang an. Fran hielt es nicht länger aus und fragte mich ganz direkt.

„Und León? Soweit ich weiß, hat er Buenos Aires nicht verlassen", sagte Francesca augenzwinkernd.

„Vergiss es. Wir haben uns den ganzen Sommer über nicht gesehen", erwiderte ich und wich ihrem Blick aus.

„Zwei hübsche Mädchen wie wir – alleine, ohne Freund! Irgendwas machen wir falsch!"

Ich wollte antworten, doch da klingelte mein Handy. Es war Antonio, der Direktor des On Beat Studio. Er wollte uns dringend sehen. Aber er tat geheimnisvoll, und erst vermutete ich, dass die Party von Youmix abgesagt worden sei. Wir beeilten uns, Angie zu suchen, um so schnell wie möglich zurückzufahren.

Wir waren ziemlich aufgeregt, weil wir nicht wussten, was Antonio wollte. Aber ehrlich gesagt war ich innerlich eher damit beschäftigt, dass ich gleich León wiedersehen würde.

Kurz vor der Ankunft im Studio merkte Francesca, dass der Koffer, den sie dabeihatte, gar nicht ihrer war: Es hatte eine Verwechslung gegeben – wir hatten einen fremden Koffer mitgenommen. Zum Glück wollte sich ihre Mama darum kümmern. Und an Kleidung sollte es ihr nicht fehlen, ich konnte ihr etwas ausleihen.

Als wir das Studio betraten, klopfte mein Herz immer lauter. Ich wurde so nervös, dass ich es nicht mehr überspielen konnte.

„Ist irgendwas?", fragte mich Fran, der nie etwas entging. „Ist es wegen León? Weil du ihn nicht sehen oder weil du ihn sehen willst?"

„Was? Weder – noch! Ich habe gar nicht an ihn gedacht!" Fran glaubte mir natürlich kein Wort. Ich setzte mich ans Klavier, um nicht vor lauter Nervosität zu explodieren, und spielte die erstbesten Noten, die mir einfielen. Fran wandte den Blick nicht ab und wartete auf eine Antwort.

„Es ist nicht so, dass ich ihn nicht sehen will ..." Ich suchte nach Worten, um ihr meine Gefühle zu erklären. „Es ist, dass du dich fragst, wie er reagieren wird, wenn er dich sieht." Fran traf genau ins Schwarze.

Damit war alles gesagt. Sie ging zum Keyboard und fing an, mich zu begleiten. Wir sangen zusammen „En mi mundo". Ludmila und Natalia kamen dazu, nahmen sich zu unserer Überraschung auch Instrumente und machten mit. Gleich darauf erschienen Maxi, Camila, Andrés und Broadway.

Wir sangen und tanzten alle zusammen. Das war garantiert die beste Art von Wiedersehen! Zum Schluss bemerkten wir, dass Beto, Pablo und Antonio in der Tür standen. Sie applaudierten stolz. Manchmal ist es wirklich so einfach, glücklich zu sein.

„Man sieht, ihr habt in den Ferien kein bisschen Power verloren", rief Antonio.

„Im Gegenteil", ergänzte Pablo.

Wir sahen uns glücklich an. Nur eines machte mir Sorgen: León war nicht dabei.

„Ich habe euch zusammengerufen, weil die Leute von Youmix sich gemeldet haben. Ihr wisst ja, heute Abend ist die Party. Eigentlich sollte Rafa Palmer spielen, aber er hat im letzten Moment abgesagt", verkündete Antonio.

Von einem Moment auf den anderen wurden wir starr vor Schreck. Wir machten uns auf das Schlimmste gefasst.

„Dann wird die Party abgesagt?", fragte ich schließlich. „Nein! Ihr sollt an seiner Stelle spielen", verkündete Pablo und überbrachte uns damit die beste Nachricht, die wir uns je hätten träumen lassen.

Die Nachricht versetzte uns in allgemeine Euphorie, bis Andrés eine bittere Wahrheit aussprach. „Ist so weit alles wunderbar, bis auf ein Problem: Tomás ist nicht mehr da, und León kommt nicht zur Party. Unser Stern droht unterzugehen, bevor er richtig aufgegangen ist."

„Und warum kommt León nicht zur Party? Geht's ihm nicht gut?", erkundigte ich mich beunruhigt.

„Ich weiß es nicht. Er will nicht. Oder kann nicht", antwortete Andrés, der etwas zu verschweigen schien. „Und er ist nicht davon abzubringen. Ich habe es schon versucht!"

„Jemand muss zu ihm gehen! Ich denke nicht daran, diese Chance wegen León verstreichen zu lassen!", rief Ludmila.

Alle sahen mich an. In ihren Augen war ich die Einzige, die León dazu bewegen konnte, seine Meinung zu ändern.

Andrés wusste, dass León bei einem Motocrossrennen war. Wir eilten sofort dorthin, aber er fuhr gerade ein Wettrennen und konnte mich nicht sehen.

„Das einzige Schild, auf das Rennfahrer achten, ist das beim Boxenstopp", meinte Andrés.

Da kam mir eine Idee. Mit Schildkappe und Brandschutzanzug verwandelte ich mich in einen perfekten Boxenhelfer. Ich arbeitete mich bis an eine für León unübersehbare Stelle vor, wo ich ein riesiges Schild hochhielt, auf dem stand: „ICH BIN'S, VIOLETTA. WIR MÜSSEN REDEN!"

Natürlich entdeckte mich einer der Boxenhelfer und versuchte, mein Vorhaben zu verhindern. Aber ich klammerte mich mit meiner ganzen Kraft an das Schild. León durfte mich nicht übersehen. Ich hatte mich bis hierhin durchgekämpft und war fest entschlossen, zu bleiben.

Aber in dem ganzen Gerangel fiel ich mitten auf der Piste hin; meine Kappe flog davon, und León erkannte mich sofort. Ich lag noch auf dem Boden, als ich den Lärm von seinem Gaspedal hörte, dann Bremsen und das Geräusch der Reifen, die wenige Zentimeter von mir entfernt über die Rennbahn schlitterten. Ich hob den Kopf und sah, wie er sich mit seinem Motorrad quer stellte, um mich zu schützen. Die Rennfahrer hinter ihm mussten scharf bremsen. Das Rennen wurde sofort abgebrochen. León riss sich den Helm vom Kopf, rannte auf mich zu und hob mich mit beiden Armen vom Boden auf. Diesen Augenblick nahm ich wie in Zeitlupe wahr, so als sei alles nur ein Traum.

„Alles okay?", fragte er mich besorgt.

„Ich glaube schon." Ich war erschrocken und fasziniert zugleich. „Wir sollen anstelle von Rafa Palmer auf der Party von Youmix spielen!"

León schaute mich ärgerlich an. Er fand meine Heldentat alles andere als lustig. Und natürlich wurde er dank meiner Aktion disqualifiziert!

„Ich habe schon gesagt, dass ich nicht zu dieser Party gehe", antwortete er und brach uns allen damit das Herz.

Ich sah ihm in die Augen.

„Meinetwegen, oder?"

„Andrés hat euch doch Bescheid gesagt. Du hättest nicht herzukommen brauchen", sagte er ausweichend.

„Ja, aber ich dachte, wenn ich herkomme, könnte ich dich überzeugen."

León sah mich an, und ich hielt seinem Blick stand. Ich musste hören, was sein Herz sagte.

„Ich habe dich vermisst ...", gestand er zu meiner Überraschung.

„Wie?", fragte ich einfältig.

„Was: wie?", verteidigte er sich. „Das Studio und alles andere habe ich auch vermisst."

„Dann ist das doch die Gelegenheit, wieder mit allen zusammen zu sein", versuchte ich ihn zu überzeugen.

Ich fühlte mich wie eine Idiotin. Er hatte es doch klar und deutlich gesagt: „Ich habe dich vermisst." Und was tat ich? Ich flehte ihn an, zur Party zu kommen, und tat so, als hätte ich ihm nicht zugehört!

„Bitte, León. Die Party heute Abend ist für alle sehr wichtig. Und für mich auch ..." Ich sagte die Wahrheit, das, was ich tief in meinem Herzen fühlte.

Er lächelte. Sein Blick war weicher geworden, und ich wusste, dass León heute Abend dabei sein würde.

Als ich mit Fran nach Hause kam, gelang es mir, ihrer Jammerei wegen ihres Koffers ein Ende zu machen, indem ich ihr einen Riesenberg Achtzigerjahre-Klamotten gab. Wir hatten haufenweise Sachen zur Auswahl, und nachdem die Outfit-Frage geklärt war, kam das Thema, um das es eigentlich ging, wieder auf.

„Ist mit León alles in Ordnung?", fragte sie mich beiläufig. „Sag nicht, dass alles okay ist.

Es ging dir vorher schon schlecht, dann hast du mit ihm gesprochen, und jetzt geht es dir noch schlechter."

Ich wollte sie nicht anlügen und gab meine Gefühle zu.

„Ich habe mit ihm geredet, ja! Alles ist okay, nur glaube ich, dass León nichts mehr von mir will."

„Ich glaube, genau das Gegenteil ist der Fall", sagte sie. „Aber du hast noch etwas anderes. Und das wirst du mir jetzt sagen."

„Okay, es ist …. Ich habe Angst! Ich will, dass dieses Jahr perfekt wird. Nichts soll es verderben. Ich will glücklich sein. Wirklich glücklich. Superglücklich!"

„Das wirst du auch sein, Süße!"

Wir fielen einander in die Arme. Wir waren überzeugt, dass das bisher beste Jahr vor uns lag. Natürlich hatte ich nicht die leiseste

Ahnung von dem, was auf uns zukommen würde! Fran stürmte mit ihrem Outfit davon – wir wollten uns auf der Party treffen. Ich machte mich gut gelaunt daran, das Chaos zu ordnen, und dachte, dass es noch vor einem Jahr unvorstellbar gewesen wäre, auf eine Party zu gehen und zu singen, ohne Papa belügen zu müssen.

Die Party fand in einer alten Villa statt, im Discostil der Achtzigerjahre – bunt und voller Lichter! Es war wie eine Zeitreise. Wir alle trugen Kleider, die an die Achtziger erinnerten, aber das Beste von allem? León war da!

Es war unglaublich. Auf der Bühne sangen wir „Ser mejor", als hätten wir den ganzen Sommer über geprobt. Ich war hin und weg, wieder mit León zu singen, er war mir dabei so nah. Wir verstanden uns ohne Worte. Ich genoss es in vollen Zügen, und das Publikum war begeistert. Aber nach dem Auftritt kam León nicht mal zu mir, um zu reden. Um nicht alleine herumzustehen, machte ich mich auf die Suche nach Francesca. Und als ich die riesige Treppe der Villa hochstieg, passierte mir etwas furchtbar Peinliches: Ich sah León und … stolperte. Ich stolperte, verdrehte mir den Knöchel und verlor meinen Schuh! Alles gleichzeitig!

León versuchte, meinen Schuh aufzufangen, der die Treppe herunterkullerte, aber er glitt ihm durch die Finger. Während er immer weiter kullerte, kam ich zu dem Schluss, dass mein Auftritt jetzt nicht mehr wie bei Cinderella war und León nicht mein Traumprinz sein konnte.

Da geschah etwas Unerwartetes: Mein Schuh landete in der Hand eines Jungen, der mich anlächelte – wie ein Prinz! León sah ihn bitterböse an, sie standen einander gegenüber und griffen beide nach meinem Schuh. Und dann riss der mysteriöse Prinz auch noch einen Witz. Das war jetzt alles andere als eine Szene aus meinem Märchen!

„Ist das deiner?", fragte er León grinsend, mit meinem Schuh in der Hand.

Dann sah er mich an: „Ah, jetzt verstehe ich. Du bist Cinderella, und das ist dein Schuh." Er sprach mit spanischem Akzent.

León blickte ihn finster an.

„Werd mal nicht eifersüchtig, sie ist eine Nummer zu groß für dich", sagte der Junge.

León durchbohrte ihn mit Blicken.

„Gib mir den Schuh, wenn du nicht willst, dass ich Mus aus dir mache."

Der Junge ließ sich nicht einschüchtern. Er machte einen blöden Witz über Leóns Afrofrisur, und da beging ich den Fehler zu lachen. Ich glaube, das hat León am meisten geärgert.

„Wenn du den Clown so witzig findest, lasse ich dich mit ihm allein", sagte er beherrscht und ging.

Ich wollte ihm hinterhergehen, weil ich nicht wollte, dass er sauer auf mich war, aber ich musste bleiben, um meinen Schuh zurückzubekommen.

Der mysteriöse Prinz sank förmlich vor mir auf die Knie, um Cinderellas Wunsch zu erfüllen. Er nahm den Schuh, sah mir in die Augen, und bevor er ihn mir ansteckte … musste er noch einmal den Witzbold spielen!

„Ist dieses Modell nicht ein bisschen aus der Mode?"

„Gib her!", rief ich wütend und versuchte, ihm den Schuh zu entreißen.

„Die Schuhe sind zwar nicht mehr ganz so hip, aber an dir sehen sie super aus!"

„Hör auf damit! Gib mir meinen Schuh!"

Und wie zwei Idioten fingen wir an, an dem Schuh zu zerren. Ich war wütend, und er machte weiter einen auf Clown. Vor lauter Gerangel rutschte ich aus und fiel mitten auf der Treppe auf den Hintern.

„Du bist …", mir fiel keine passende Beleidigung ein. Ich fand ihn einfach nur unerträglich.

„Du bist ja völlig durchgeknallt!"

Ich stand auf, warf ihm den Schuh an den Kopf und hinkte wütend davon.

Dann suchte ich verzweifelt nach León, aber auf wen stieß ich stattdessen? Auf Papa! Er war hier auf der Party und suchte nach mir, um mich abzuholen. Inzwischen lief ich barfuß. Lieber barfuß als wie eine Bescheuerte mit einem Schuh herumlaufen!

„Deine Mama hat genau dasselbe getan", sagte Papa bewegt, da er annahm, ich hätte mir die Schuhe ausgezogen, um besser tanzen zu können.

Falls León noch Zweifel gehabt hatte, wie es mit uns weitergehen würde, war nach diesem Abend alles verloren. Und an allem war nur dieser arrogante und durchgeknallte falsche Prinz schuld. Lange konnte ich nicht einschlafen, ich konnte nicht aufhören, an León zu denken, und grübelte darüber nach, warum ich ihm nicht gesagt hatte, dass ich ihn auch vermisst hatte.

Kapitel 2

Am ersten Schultag wurden wir alle von Antonio begrüßt. Wir lernten Jackie kennen, die neue Lehrerin, die Gregorio vertreten sollte. Pablo sagte uns, dass sie ziemlich anspruchsvoll und eine großartige Tänzerin sei. Jackie war wirklich wunderschön, aber irgendwie … sie schaute so merkwürdig, als ob sie etwas zu verbergen hätte.

Aber ich verwarf diesen Gedanken gleich wieder, denn was konnte ich schon über Jackie sagen? Es war absurd. Ich hatte sie gerade erst kennengelernt. Noch dazu bekam ich die Hälfte von Pablos Ansprache gar nicht mit.

Ich versuchte, mit León ins Gespräch zu kommen, aber es war zwecklos, er wollte nur über das Studio und Youmix reden. Ich versuchte, ihm die Sache auf der Party zu erklären, er sollte wissen, dass ich eigentlich gar nicht über den Witz des falschen Prinzen hatte lachen wollen. Ich sagte ihm, dass ich Diego total bescheuert fand, und bat ihn, über uns zu reden.

„Was ist los? Hast du deine Meinung geändert?", erwiderte er, als sei ich für alles verantwortlich.

„Worüber?"

„Warst du nicht diejenige, die gesagt hat: ‚Wir sind noch Kinder' und ‚Wenn wir keine

Entscheidung treffen, ist das nicht das Ende der Welt'?"

Es war sonnenklar, dass ihn dieser Satz verletzt hatte. Ich suchte nach Worten. Aber ich konnte mich nicht dazu durchringen, ihm zu sagen, wie sehr ich ihn vermisst hatte. Das heißt, ich konnte es schon, aber die Zeit war zu knapp. Wir wurden unterbrochen, weil die anderen hereinkamen. León schaute mich verärgert an, schüttelte den Kopf und ließ mich einfach stehen. Mir wurde klar, dass eine Annäherung alles andere als leicht werden würde.

Die erste Unterrichtsstunde begann, und wir alle konnten es kaum abwarten, mit der Arbeit anzufangen. Allerdings fand es die Mehrheit am allerwichtigsten, wer in den sozialen Netzwerken die meisten Follower hatte. Zum Glück schlug Pablo eine Übung vor, die unsere Gefühle sichtbar machen sollte. Ich bekam die

Aufgabe, einen Song für ein Solo zu komponieren, aber ich konnte mich nicht konzentrieren. Ich musste mit León sprechen, mich mit ihm versöhnen!

Am selben Abend luden mich Francesca und Camila zum Karaokesingen ein. Ich dachte, dass Papa mich bestimmt nicht gehen lassen würde, da wir ja gestern auch schon ausgegangen waren. Aber entgegen allen Erwartungen tat er es doch! An diesem Abend jagte eine Überraschung die nächste. Wir kamen zur Karaokebar, und hinter uns tauchten Naty und Ludmila auf.

„Oh nein! Was macht Ludmila denn hier?", fragte Camila, ohne ihre Enttäuschung zu verbergen. „Hallo!", rief Ludmila, einnehmender denn je.

„Ich bitte dich nur um eines: Verdirb uns nicht den Abend!", sagte Francesca schnell, die wieder mal kein Blatt vor den Mund nahm.

„Ihr seid so eklig zu mir! Was muss ich noch tun, damit ihr mir glaubt! Ich habe mich geändert!", wir sahen einander an – keiner von uns fand sie sehr verändert. „Stimmt's, Naty?"

Naty nickte etwas gezwungen, doch ich beschloss, ihr zu glauben. Neues Jahr, neues Leben! Ich war dafür, ihr eine Chance zu geben. Ludmila dankte mir mit einer großen Umarmung. Aber als wir wieder auseinandergingen, erlebte ich eine böse Überraschung: In der Tür stand der arrogante Idiot von letzter Nacht!

„Hallo, super, dass ihr gekommen seid!", sagte er überschwänglich.

„Hier sind wir!", antwortete Francesca unbekümmert.

Da begriff ich, dass er sie zum Karaokesingen eingeladen hatte.

„Du hast es gewusst?" Ich blickte sie durchbohrend an. Offensichtlich wusste Fran, dass wir ihn hier treffen würden, und hatte es mir verschwiegen. „Das ist Diego“, stellte sie ihn vor, während dieser eingebildete Typ weiterhin alles tat, um mir noch unsympathischer zu werden.

„Cool, dass du hier bist!“, sagte er und tat freundschaftlich.

„Ich bin mit meinen Freundinnen hier. Ich hatte keine Ahnung –“, sagte ich so abweisend wie möglich.

„Okay, aber da du schon mal da bist, nutze ich die Gelegenheit. Ich habe diesen Tisch für uns reservieren lassen, deine Freundinnen können da drüben sitzen, und wir reden in Ruhe über uns.“

„Und wie kommst du auf die Idee, dass ich mit dir reden will?“, erwiderte ich und versuchte, noch unsympathischer zu sein.

„Du bist die hübscheste und gleichzeitig humorloseste Person, die ich kenne“, versetzte er arrogant.

Ich versuchte, das Gespräch sofort abzubrechen.

„Ich habe nicht vor, mich mit ihm an einen Tisch zu setzen", erklärte ich Francesca.

„Tut mir leid! Er ist der Junge, der meinen Koffer hatte!", rechtfertigte sie sich.

„Kein Problem. Es ist bestimmt schwierig für dich, sofort einzugestehen, was dir mit mir passiert. Du brauchst Zeit. Wir sehen uns", sagte er gönnerhaft und zwinkerte mir zu.

Ich fand ihn unerträglich und abstoßend, in meinen Augen war er ein echter Idiot.

„Warum behandelst du ihn so? Er ist ein Gott!", sagte Camila, und meine Laune wurde noch schlechter.

„Wenn er dir so gut gefällt, binde ich ihm eine Schleife um und schenke ihn dir!" An Fran gewandt sagte ich ärgerlich: „Das war mies von dir! Du hast mir absichtlich nichts gesagt!"

„Ich wollte, dass wir drei zusammen ausgehen", sagte sie mit unschuldigem Blick.

Zum Glück fing in diesem Moment das Karaoke an, und Marco, der erste Junge auf der Bühne, war umwerfend. Er sang „Junto a ti". Wie Francesca trug er ein Kopftuch. Es war so lustig, wie er sie imitierte. Man merkte, dass er jede ihrer Gesten studiert hatte. Die Mädchen waren begeistert von Marco und fanden ihn superhübsch. Aber er hatte nur Augen für Fran. Er sang sie an und schaffte es sogar, sie auf die Bühne zu holen und das Lied mit ihr im Duett zu beenden.

Ludmila kam auch auf die Bühne, um zu singen. Wir hatten superviel Spaß zusammen, als Andrés, Maxi und Broadway kamen. Naty hatte nur Maxi im Kopf, und Camila war sauer auf Broadway, der sie mit allem, was er tat, nervte.

„Siehst du? Ihm ist alles egal! Ich rede kein Wort mit ihm, und er singt, als wäre alles in Ordnung." Camila war total beleidigt.

„Er singt mit seinen Freunden. Was erwartest du denn? Soll er heulen?"

„Es macht ihm gar nichts aus, dass wir uns getrennt haben!"

Während Cami Liebeskummer wegen Broadway hatte, drehte sich für Naty alles nur noch um Maxi, und Francesca konnte die Augen nicht von Marco lassen. Und mittendrin der penetrante Diego, der fest entschlossen schien, mir den ganzen Abend zu verderben.

„Ich bin gekommen, um dir den Friedensschuh zu überreichen", sagte der Idiot mit meinem Schuh in der Hand. „Danke, aber ich habe den anderen schon weggeworfen."

„Dann behalte ihn als Erinnerung an den Tag, an dem wir uns kennengelernt haben."

„Den bescheuerten Tag vergesse ich lieber.“ Ich machte auf dem Absatz kehrt und ließ ihn einfach stehen. Als ich an den Tisch zu Francesca zurückging, kam Marco auf uns zu: ein junger Gott. Er schien Fran anzuhimmeln. Und sie war happy!

Ich war an der Reihe zu singen, und ihr glaubt nicht, was da passierte: Mitten in meinem Song kam León herein. Das war die schönste Überraschung an diesem Abend! Er stand neben mir auf der Bühne, und wir sangen „Podemos“. Als wir geendet hatten, sahen wir uns ergriffen an.

„Es ist immer noch …“, León suchte nach Worten für das, was zwischen uns passiert, wenn wir zusammen singen.

„Es war Magie, die dich zu mir führte …“, sagte ich. „Ich glaube, wir beide sollten miteinander reden.“

León kam näher, und ich dachte schon, er würde mich küssen, aber gerade, als wir kurz davor waren, uns wieder zu versöhnen, funkte die Nervensäge dazwischen!

„Ich möchte dieses Lied, das sie bestimmt kennt, einem Mädchen widmen: der absolut einzigartigen, bezaubernden und – mir fehlen die Worte, um sie zu beschreiben – Violetta eben!", sagte Diego auf der Bühne, ohne sich um die Anwesenheit von León zu kümmern.

Leóns Gesicht verdüsterte sich, ich wusste nicht, was ich tun sollte. Sprachlos sah ich von einem zum anderen. Er setzte noch eins drauf, als er anfing, „Voy por ti" zu singen.

León wurde wütend. Er wollte auf die Bühne und ihn herunterstoßen, aber ich hielt ihn zurück. Ich konnte nicht zulassen, dass sie handgreiflich wurden!

„Er hat uns zusammen singen gesehen und widmet dir das Lied? Auch noch mein Lied!" Er hatte allen Grund, sich aufzuregen, aber ich musste ihn beruhigen. „Nein, León. Es bringt nichts. Komm!"

„Gefällt er dir? Deshalb bist du wohl gekommen! Um ihn zu sehen", sagte er und machte sich anscheinend auf das Schlimmste gefasst. Ich konnte dieses Durcheinander nicht glauben. „Sag besser nichts", sagte er dann, machte auf dem Absatz kehrt und ging. Ich sah Diego wütend an, aber er ließ sich beim Singen nicht stören und lächelte mir glücklich zu. Er hatte sein Ziel erreicht: León und mich auseinanderzubringen. Superwütend auf Diego ging ich nach Hause. Ich musste dringend León anrufen, nahm das Telefon, aber dann verließ mich der Mut.

Am nächsten Morgen frühstückte ich mit Papa, der sich unheimlich zusammenriss, mich nicht über letzte Nacht auszufragen. Es rührte mich zu sehen, wie er gegen seine Eifersucht ankämpfte. Und dann ging ich zum Tanzunterricht!

Jackie, die neue Lehrerin, holte alles aus uns heraus. In einer kurzen Pause versuchte ich einmal, Ludmila zu korrigieren, woraufhin ein Sturm losbrach.

„Wie bitte? Ich tanze seit Jahren, Süße. Und wie lange tanzt du jetzt? Seit fünf Minuten? Bestimmt nicht lange genug, um mir Tipps geben zu können." Ich hielt mich zurück und ging lieber nicht darauf ein, aber Francesca beeilte sich, mich zu verteidigen, und Ludmila wurde so richtig sauer. „Und wenn, sie ist aber jetzt schon viel besser als du", erklärte Francesca.

„Die Lehrerin hat gesprochen! Wenn wir schon beim Kritisieren sind, dann lass dir sagen, dass deine Freundin steif und ungenau tanzt", erwiderte Ludmila. Sie wusste, dass ich darauf reagieren würde. „Wer ist hier steif und schlampig?", rief ich aufgebracht.

Natalia versuchte zu schlichten, damit die Diskussion nicht weiter eskalierte. Aber es half nichts, einen Moment später waren wir in einen offenen Streit verwickelt.

„Wie gerne würde ich dir beweisen, dass du falschliegst", sagte ich zu ihr.

„Mach doch! Sie hat es verdient!", rief Camila empört. „Ja, mach doch. Oder hast du Angst?", fragte Ludmila kampflustig. „Ich nehme die Herausforderung an! Du und ich, Hand in Hand. Mal sehen, wer besser tanzt." Ich wollte das Thema beenden, da es zu nichts führen würde, auf Ludmilas Linie einzuschwenken.

„Ein Wett-Tanzen ist okay. Wenn du Angst vor mir hast, dann, weil du genau weißt, dass ich dir haushoch überlegen bin. Stimmt`s Leute?", fragte sie, nach Zustimmung suchend.

Als Jackie in die Klasse zurückkam, fragte sie sofort, was los sei. Ich wollte die Sache auf sich beruhen lassen, aber komischerweise war Jackie von Ludmilas Initiative begeistert.

„Ich finde es gut, dass ihr eure Gefühle herauslasst. Das ist Sinn und Zweck dieser Übung. Ein Wettkampf muss nicht zwangsläufig schlecht sein. Im Rahmen des Unterrichts und mit klaren Regeln kann er den Teilnehmern helfen, das Beste aus sich herauszuholen."

Ludmila war glücklich über die Regelung. Ich nicht, aber ich konnte mich nicht geschlagen geben. „Nennen wir es ein Duell der Gefühle. Ihr tretet gegeneinander an und tanzt die Choreografie, die wir gerade einüben. Ihr dürft nur diese Figuren verwenden. Ich werde verschiedene Gefühle vorgeben, und ihr benutzt die erlernten Schrittfolgen, um ihnen Ausdruck zu verleihen. Einverstanden?", fragte Jackie.

Die Musik begann. Jackie leitete uns an, und wir tanzten wie nie zuvor. Die ganze Gefühlsskala rauf und wieder runter: von Freude über Traurigkeit bis hin zu Euphorie. Wir glänzten beide, da wir unser Bestes gaben. Am Schluss fällte unsere Lehrerin das Urteil. Gleichstand!

„Herzlichen Glückwunsch, Violetta", gratulierte mir Ludmila aufrichtig.

„Und jetzt? Wo ist die Falle?", fragte Francesca misstrauisch. „Es gibt keine. Wir haben beide gewonnen. Violetta war sehr gut", sagte Ludmila anerkennend.

Die anderen Mädchen trauten Ludmila nicht über den Weg, aber ich beschloss, ihr zu glauben und zu feiern. Wir gaben uns die Hand, stolz darauf, die Aufgabe erfüllt zu haben. Frieden mit Ludmila und die Aussicht, dass sie aufhören würde, mich zu ärgern, war mehr, als ich mir wünschen konnte.

Kapitel 3

Es klingelte an der Haustür, ich ging hin und öffnete. Oh nein! Da stand Diego! Dieser unerträgliche Angeber, der verantwortlich für all meine Probleme war.

„Was machst du hier?"

„Ich will mit dir reden. Darf ich reinkommen?", fragte der Idiot und versuchte einzutreten.

„Nichts da! Ich habe mit dir nichts zu besprechen! Hau ab! Verschwinde!" Ich wollte ihn hinauswerfen, aber ich hatte noch nie einen Jungen erlebt, der penetranter, unverschämter und mehr von sich selbst überzeugt gewesen wäre.

„Was soll das? Ich weiß doch, dass ich dir gefalle, ich will mit dir über gestern Abend reden."

Ich konnte es nicht glauben. Dieser Typ war unfassbar. Wie konnte er auf die Idee kommen, dass mir jemand wie er gefallen könnte?

„Ich habe ein Lied für dich gesungen, und du bist ohne einen Gruß gegangen. Wenn du schon keinen Sinn für Humor hast, könntest du wenigstens Danke sagen."

Ich atmete tief durch und versuchte, klar und eindeutig zu sein, damit er mich endlich verstand und mir nicht noch mehr Probleme machte, aber er ließ nicht locker.

„Ist es wegen deines Freundes?", fragte er.

„Ich habe keinen Freund."

„Dann bin ich ja im richtigen Moment gekommen", sagte er provozierend.

Meine Laune verschlechterte sich mit jedem Satz, den er von sich gab. Ich wollte ihn loswerden und versuchte, das Gespräch zu beenden, aber er redete einfach weiter. Schließlich ließ ich mich breitschlagen und willigte in ein Gespräch ein, aber nicht bei mir zu Hause. Daher rief ich in die Küche, dass ich zum Buchladen wollte.

Wir gingen zum Platz. Er setzte sich, aber ich war viel zu wütend dazu. Wie konnte ich ihn nur dazu bringen, mich in Ruhe zu lassen?

„Ich möchte nicht, dass du noch mal bei mir zu Hause auftauchst! Das war echt eine blöde Aktion!"

„Was regst du dich so auf? Das habe ich nicht verdient."

„Was erwartest du denn? Du bist mir bis nach Hause gefolgt. Ich weiß nicht, wie ich dir noch begreiflich machen soll, dass du in meinen Augen ein Wichtigtuer bist und dass ich nichts mit dir zu tun haben will!“, sagte ich so überzeugend wie möglich.

„Wenn das stimmen würde, wärst du jetzt nicht hier“, erwiderte er mit einem ruhigen Lächeln, während ich vor Ärger fast explodierte.

Diego brachte mich auf hundertachtzig. Ich wollte gehen, aber er ließ es nicht zu. Er fasste mich am Arm und sah mir in die Augen.

„Es reicht, Violetta, alles, worum ich dich bitte, ist eine Gelegenheit, bei der du mich kennenlernst. Komm schon. Wann wird dir klar, dass du etwas für mich empfindest?“

Ich sah ihn verdattert an, sprachlos über so viel Einbildungskraft. Wann war er nur auf die Idee gekommen, dass er mir gefallen könnte?

Auf einmal hörten wir einen Schrei aus nächster Nähe.

„Lass sofort meine Tochter los!" Es war Papa, völlig außer sich.

Ich wollte ihn beruhigen, aber er ließ mich nicht zu Wort kommen. Diego versuchte, ihm alles zu erklären, nur war er der Letzte, dem Papa zugehört hätte. Ich bat ihn, zu gehen und mich mit Papa allein zu lassen. Er hatte mir schon genug Probleme bereitet!

„Du hast mich hintergangen, Violetta", sagte Papa.

Ich war genauso sauer auf ihn wie er auf mich. Es lag auf der Hand, dass er auf dem Platz war, weil er mich überwachte.

„Ich dachte, du vertraust mir." Ich war verletzt. „Ich habe dir auch vertraut!"

„Und warum bist du mir dann nachgegangen?"

Ich drehte mich um und ging. Papa rief mir etwas hinterher, aber ich wusste, dass es zu nichts führen würde, wenn wir so aufgebracht miteinander redeten. Ich machte mich wütend auf den Heimweg, als auf einmal mein Handy klingelte. Ich meldete mich gereizt, da ich dachte, es wäre Papa. Aber es war León!

„Hallo. Ich wollte mit dir reden. Aber wenn es gerade nicht passt …" Es tat so gut, seine Stimme zu hören. Uns beiden war klar, dass wir reden mussten. Wir verabredeten uns in einer Stunde auf seiner Motocrossbahn.

Ich ging nach Hause, machte mich zurecht und versuchte, nicht mehr an meinen Ärger mit Papa und Diego zu denken. Wichtig war, dass ich endlich die Sache mit León klären konnte.

Als ich gerade aus dem Haus gehen wollte, tauchte Papa auf. Er wollte reden, aber ich hatte keine Zeit.

„Wo willst du in diesem Aufzug hin?"

„Ich treffe mich mit León."

„Gehst du jetzt jeden Tag aus? Was soll das? Und dann lügst du noch!"

„Wann habe ich gelogen? Ich sage die Wahrheit, aber du willst sie ja nicht hören!"

„Du hast gesagt, du willst in die Buchhandlung, und stattdessen bist du zum Platz gegangen. Um dich mit einem Jungen zu treffen!"

Ich schwieg. Papa hatte recht, ich hatte gelogen. Aber er brachte alles durcheinander! Ich versuchte, ihn dazu zu bringen, mir zuzuhören, aber es war nichts zu machen, er war total sauer. In diesem Moment klingelte mein Handy. Es war León. Ich wollte ihm erklären, dass mir etwas dazwischengekommen war, aber Papa nahm mir einfach das Handy aus der Hand und legte auf. Das werde ich ihm nie verzeihen!

Es wurde Abend, und ich versuchte weiter, León zu erreichen, der nicht ans Telefon ging. Schließlich hielt ich es nicht mehr aus und beschloss, zu ihm zu gehen.

Als ich Angie erzählte, was geschehen war, bot sie an, mich zu begleiten. Angie wollte Papa aber nicht belügen, und wenn sie mich begleitete, musste sie ihm Bescheid sagen. Darum beschloss ich, die Sache alleine zu regeln, und versprach, bald zurückzukommen. Doch wer stand vor der Tür, als ich gerade loswollte? Diego!

„Hallo, schöne Frau!" Er lächelte mich verehrermäßig an.

„Was willst du denn hier? Ich glaub´s einfach nicht!"

„Ich muss mit deinem Vater sprechen", sagte dieser Idiot. „Ich gehe erst von hier weg, wenn ich mit ihm gesprochen habe."

Er trat einfach ein und machte es sich in einem Sessel bequem. Angie verstand gar nicht, was los war, aber Diego gab sich umgänglich und begann eine Unterhaltung. Dann kam Ramallo dazu und schließlich Olga, und er saß weiter da und präsentierte sich meiner ganzen Familie!

„Raus! Hau auf der Stelle ab, weil –!" Ich verstummte, als Papa erschien.

Hätte er Diego gesehen, wäre er natürlich stinksauer geworden. Gott sei Dank reagierte Angie schnell genug und fing Papa ab, bevor er ihn zu Gesicht bekam. Ramallo half auch mit, indem er Diego den Mund zuhielt, damit er Ruhe gab. Olga verstand überhaupt nichts, machte uns aber zum Glück auch keinen Strich durch die Rechnung. Alle halfen mir, und Papa merkte nicht, was los war. Er kehrte nichts ahnend an seinen Schreibtisch zurück, und schließlich gelang es mir, Diego aus dem Haus zu werfen. Aber ich ging nicht mehr zu León.

Am nächsten Tag im Studio musste ich mich konzentrieren und meinen Song komponieren. Mein Ärger hielt mich allerdings davon ab. Ich war so geladen wegen Diego, dass ich an nichts anderes denken konnte. Mitten in dieser Kreativitätskrise tauchte León auf. Ich wollte ihm erklären, was geschehen war, und mich bei ihm entschuldigen, aber er reagierte distanziert.

„Ist gut … verstehe."

„Bitte, lass uns reden. Ich möchte, dass du weißt, dass …" Gerade, als wir ein Gespräch begannen, erschien Beto und schickte León weg, um mit mir an meiner Komposition zu arbeiten.

Als ich dachte, mein Tag im Studio sei zu Ende, tauchte Diego wieder auf. Der Idiot kam her, um mit mir zu reden! Ich versuchte, ihn abzuwimmeln, aber er war total penetrant. Und mitten in unserer Diskussion erschien León!

„León, bitte versteh das nicht falsch. Diego ist auf einmal hier aufgetaucht, und ich –"

„Warum musst du ihm so viel erklären? Ist er dein Freund?", wollte Diego wissen.

„Und was geht dich das an? Wer bist du eigentlich?", antwortete León und machte einen Schritt auf ihn zu.

„Ich bin Diego. Ihr zukünftiger Freund", sagte er unverfroren und streckte ihm die Hand hin.

„Was redest du da?", schaltete ich mich empört ein. Ich konnte es nicht fassen, dass dieser Kerl so schrecklich eingebildet war.

Er spielte wie immer den Clown. „Es war ein Scherz. Damit wir alle etwas lockerer werden."

León stellte ihn zur Rede, er wollte wissen, was Diego hier in unserem Studio von mir wollte.

Diego tat verständnisvoll und sagte, er habe sich entschuldigen wollen, weil er mir Probleme mit meinem Vater und meinem „Freund" gemacht hatte. Damit meinte er León.

Ich sagte ihm, dass er den Mund halten sollte, ich könnte darauf verzichten, von ihm um Entschuldigungen, eine Aussprache oder sonst was gebeten zu werden. Jedes Mal, wenn er mit mir redete, brachte er mich in die unmöglichsten Situationen!

„Also habe ich dir Probleme mit deinem ‚Nicht-Freund' gemacht", sagte er.

León schaute ihn böse an. Erschrocken dachte ich, dass es jetzt eine Schlägerei geben würde, aber glücklicherweise erschien Beto und schickte die beiden weg.

Es war ein komplizierter Tag. Abends versuchte ich zu Hause, mit meiner Komposition voranzukommen, aber Fran verwickelte mich in ein langes Telefongespräch, weil sie ganz aus dem Häuschen darüber war, dass Marco sie angerufen hatte.

Als ich das Gespräch endlich beenden konnte, klingelte das Telefon erneut, und zu meiner Überraschung war es wieder Diego!

„Wie bist du an meine Nummer gekommen?"

„Dein Vater hat sie mir gegeben".

„Papa?", rief ich ungläubig aus.

„Ach, du bist so süß." Er machte sich wieder über mich lustig.

Ich erklärte ihm, dass ich ihn unerträglich fand und nie die Freundin von jemandem wie ihm werden könnte. Dann legte ich auf. Keine Sekunde später klingelte es an der Haustür. Gott sein Dank war es nicht der penetrante Diego. Sondern León!

„Ich weiß, ich hätte vorher anrufen sollen, aber ich habe es nicht mehr ausgehalten. Ich muss mit dir reden."

„Gut, dass du da bist. Mir ging es gar nicht gut nach der Sache mit diesem Typen."

León sah mich schweigend an. Er musste mir einfach glauben.

„Ich möchte, dass du weißt, dass ich Diego gar nicht kenne. Ich weiß nicht, wo er herkommt, was er von mir will, warum er im Studio auftaucht, hier ..."

„Hier ist er auch gewesen?", fragte León überrascht.

Ich wollte ihn nicht anlügen und nickte, dann erklärte ich ihm, dass ich nichts mit ihm hatte und auch nichts mit ihm haben wollte. León sah mich an, und ich glaube, er seufzte. Er wirkte nun etwas ruhiger.

„Glaubst du mir?", fragte ich.

„Natürlich glaube ich dir." Er nahm meine Hand.

„Ich mache mir keine Gedanken darum, was mit ihm los ist … Ich mache mir Gedanken darum, was mit uns los ist."

Ich schwieg. Ich wusste nicht, wie ich ihm sagen sollte, was ich fühlte.

„Was ist mit uns, Violetta? Ich muss es wissen", fragte er mich und sah mir in die Augen.

„Ich bin mir nicht sicher", antwortete ich und wich seinem Blick aus.

Er sah mich verwirrt an. Diese Antwort hatte er nicht erwartet.

„Ich will nicht, dass du leidest", fügte ich hinzu. „Ich will nicht, dass einer von uns am Ende traurig ist."

„Also?", fragte er beunruhigt.

„Ich möchte mir bei dem, was ich tue, ganz sicher sein. Für dich und für mich."

„Das scheint mir das Beste zu sein. Ich möchte nicht, dass es mir wieder schlecht geht."

Er küsste mich sanft auf die Wange, dann ging er. Ich weiß nicht ... Hätte ich ihm etwas anderes sagen sollen? Ich wollte klar und ehrlich sein. León war weg.

Und ich blieb irgendwie bedrückt zurück.

Kapitel 4

Ich war in Eile und wollte mich gerade auf den Weg ins Studio machen, als Papa mit mir über die Sache auf dem Platz sprechen wollte. Ich wollte nicht zu spät kommen, entschuldigte mich aber noch für meine Lüge und erklärte, was geschehen war. Es war nicht meine Absicht gewesen, ihn anzulügen, eigentlich wollte ich ihn nie mehr belügen müssen. Papa nahm mich verständnisvoll in den Arm, und wir schlossen Frieden, aber nur wenige Sekunden später erwischte ich ihn, wie er eine Textnachricht auf meinem Handy las! Total sauer ging ich ins Studio! Ob alle Eltern so waren?

Ich versuchte, mich auf meine Komposition zu konzentrieren, aber es ging nicht. Fran riet mir, mit León zu reden, wenn ich nicht aufhören könne, an ihn zu denken. Ich wüsste ja bereits, dass die Wahrheit immer das Beste sei.

„Du hast recht! Ich muss mit ihm reden und ihm sagen, wie sehr ich ihn vermisse! Ciao!" Ich lief so schnell ich konnte zur Motocrossbahn, wo León trainierte.

Dort traf ich auf Lara, die Motorradmechanikerin. Sie empfing mich mit finsterer Miene.

„Wegen dir haben sie ihn neulich disqualifiziert, oder?", fragte sie, ohne auch nur zu grüßen.

Ich nickte und blieb am Rand der Rennbahn stehen, um auf León zu warten.

„Pass auf, dass du nichts kaputt machst", sagte sie unfreundlich.

Da rief mich Papa an. Ich wollte ihn nicht belügen und erzählte ihm deshalb, dass ich einen Freund auf der Motocrossbahn besuchte. Ich versprach, möglichst bald nach Hause zu kommen. Aber ich war immer noch sauer über sein Misstrauen. Eigentlich war es kein Misstrauen, sondern Angst, dass mir etwas passieren könnte. Wenn er sich so verhielt, schien es, als ob er im letzten Jahr überhaupt nichts gelernt hätte. Was fiel ihm nur ein, in meinem Handy herumzuspionieren?

Ich schaute León weiter beim Fahren zu, bis mir jemand auf die Schulter tippte. Als ich mich umdrehte, wäre ich fast in Ohnmacht gefallen. Vor mir sah ich den nervigen Diego!

„So ein Zufall, was? Ich besuche einen Freund hier", sagte er, erfreut, mich zu sehen.

In diesem Moment hörte ich ein lautes Geräusch, das von Leóns Gaspedal kam. Ich schaute Lara an und sah, dass sie besorgt war.

„Was ist los?", fragte ich sie erschrocken.

Lara antwortete nicht und starrte weiter auf die Rennbahn. Ich sah, wie León beschleunigte, kurz bevor er zu einem großen Sprung ansetzte. Das Motorrad flog sehr hoch, und als es wieder auf den Boden aufsetzte, stürzte León in eine Staubwolke, die uns die Sicht versperrte.

Lara rannte zu ihm und ich hinterher.

„León, geht's dir gut?!", schrie ich verzweifelt, als ich ihn am Boden liegen sah. Er hielt sich den Knöchel. León versuchte aufzustehen und alles herunterzuspielen.

„Nicht bewegen! Du könntest dir was gebrochen haben", riet ihm Diego.

„Sag mir nicht, was ich zu tun habe, okay?", sagte León böse, dann sah er mich an. „Warum hast du den denn mitgebracht?"

Ich erklärte ihm, dass ich Diego nicht mitgebracht und keine Ahnung hatte, was dieser nervige Typ hier wollte. Ich bat Diego, zu gehen, was er glücklicherweise auch machte. Die Ärzte kümmerten sich um León, und ich stellte mich an den Rand. Die Atmosphäre war ziemlich angespannt.

Der Rettungswagen nahm ihn zur Untersuchung mit, aber niemand sagte mir, wohin sie fuhren. Sehr besorgt um ihn machte ich mich auf den Heimweg. Ich wollte unbedingt mit Angie sprechen, aber als ich nach Hause kam, trug sie einen Koffer in der Hand, und Papa war ungewöhnlich ernst.

„Angie verlässt uns", verkündete er.

Ich schaute beide verständnislos an.

„Ich gehe wieder in mein Haus zurück", ergänzte sie. Ich sah Papa wütend an.

„Was ist passiert? Was hast du ihr diesmal angetan?", fragte ich anklagend.

„Nichts. Ich brauche Raum für mich und meine Sachen. Ich möchte in meinem Haus sein", sagte Angie.

„Das hier ist dein Haus!"

„Ja, aber … Ich werde dich weiterhin unterrichten, und wir sehen uns jeden Tag im Studio, daran ändert sich nichts." Ich verstand immer noch nicht, was passiert war.

Angie umarmte mich und verabschiedete sich. Sie lächelte Papa kaum merklich zu und ging. Ich sah Papa mit tränenerfüllten Augen an. Wie konnte er sie einfach so gehen lassen?

„Wenn es das ist, was sie will … Was soll ich denn deiner Meinung nach tun?", fragte er traurig.

„Und du, was willst du, Papa?"

Papa tat, als verstehe er nicht, und ich sprach aus, was ich dachte.

„Ich glaube nicht, dass Angie nur wegen mir hier ist."

Er wurde unruhig und meinte, ich wäre noch zu jung, um über solche Dinge mit ihm zu reden.

„Ich bin jung, aber ich weiß schon, dass Angst zu nichts führt", sagte ich ernst.

„Du glaubst, ich habe Angst?"

In diesem Moment war ich kurz davor, Ja zu sagen. Und dass ich glaubte, der Schmerz hätte zu viele Ängste bei ihm hervorgerufen. Wenn uns früher etwas Trauriges geschehen war, hieß das doch nicht, dass uns auch in Zukunft schlimme Dinge zustoßen würden. Ja, ich war definitiv der Meinung, dass Papa ein richtiger Angsthase war, wenn es um Gefühle ging. Keiner sagte etwas. Er wartete auf meine Antwort. Ich lächelte ihn an. „Ich hab dich lieb, Papa", sagte ich nur. Dann gab ich ihm einen Kuss und ging auf mein Zimmer.

Francesca kam zum Teetrinken vorbei und sprach unaufhörlich von Marco. Sie befand sich in einem großen Konflikt, denn Marco hatte sie gefragt, ob sie mit ihm zusammen sein wolle, und sie hatte Nein gesagt. Eine große Hilfe war ich ihr nicht gerade, weil ich nur auf mein Telefon starrte, denn ich musste unbedingt wissen, wie es León ging. Plötzlich klingelte es.

„León?", fragte Fran gespannt.

„Diego!", antwortete ich. Supergenervt ging ich dran. „Was willst du?", fragte ich gereizt. „Na, wenigstens bist du drangegangen."

„Ja, und das ist das letzte Mal. Das meine ich ernst. Was heute geschehen ist –" Er fiel mir ins Wort.

„Deshalb rufe ich an, um mich zu entschuldigen. Ich bin dir gefolgt, aber ich wusste nicht, dass León da war, ich wollte dir nicht noch mehr Probleme machen."

„Tust du aber! Mit León, mit Papa … Ich will nichts mit dir zu tun haben! Kapier es endlich!"

„Wirklich schade, ich will nämlich genau das Gegenteil. Habe ich so eine starke Wirkung auf dich, dass du Abstand brauchst?"

Jetzt war ich auf hundertachtzig.

„Wenn du mir wirklich keine Probleme mehr machen willst, dann verschwinde aus meinem Leben. Ich will dich nicht mehr sehen, auch nicht, dass du anrufst – ich will überhaupt nichts mit dir zu tun haben!"

Ich legte auf, und Francesca sah mich mit offenem Mund an. Kurz darauf kam Camila. Fran und Cami hatten wegen eines Missverständnisses Streit, bei dem Camila Fran gebeten hatte, ihr dabei zu helfen, die Sache mit Broadway zu klären. Beide waren aufgebracht und nicht in der Lage, mir zuzuhören. Ich riet ihnen, alles zu überdenken, sie seien doch befreundet, aber es half nichts. Als sie gingen, waren beide zutiefst beleidigt. Es war furchtbar, sie so zu sehen!

Endlich erreichte ich León. Er erzählte mir, dass er keine schlimmere Verletzung davongetragen und sich nur den Knöchel verstaucht hatte.

„Das freut mich!", sagte ich und wollte ihm das, was geschehen war, erklären. „León, ich wusste nicht, dass Diego dort sein würde. Er tauchte aus dem Nichts auf und –"

„Diego ist mir egal. Ich will wissen, was du auf der Rennbahn gemacht hast."

„Ich wollte dir sagen, dass ich viel an das gedacht habe, was geschehen ist, und dass ich glaube, dass wir –", ich war kurz davor, ihm zu sagen, wie sehr ich ihn vermisste.

„Ich habe auch nachgedacht, und ich glaube, das Beste für uns beide ist, wenn wir einige Zeit lang nur Freunde sind", sagte er, und ich wurde starr vor Schreck. „Ich möchte nicht dasselbe wie letztes Jahr durchmachen. Lass uns wieder nur Freunde sein, wie früher. Vielleicht leide ich dann nicht so viel." Er klang so aufrichtig, dass ich nicht widersprechen konnte.

Am nächsten Tag sahen wir uns im Studio wieder. Ich fiel ihm um den Hals, glücklich darüber, dass es ihm nach dem kleinen Unfall gut ging. Er grüßte mich distanziert und eilte in seine Klasse.

Im Studio traf ich auch Angie, wir hatten noch etwas zu bereden. Sie wollte wissen, ob ich wegen ihrer Entscheidung sauer war. Aber ich war nicht sauer, sondern traurig.

„Vilu, als ich in dieses Haus gekommen bin, warst du gefangen in deinem Elfenbeinturm. Du hattest keine Freunde, hast dich draußen verirrt, und nicht einmal mit deinem Vater konntest du reden! Du wusstest weder, wer du bist, noch, woher du kommst. Das ist jetzt alles anders", sagte sie, sanft wie immer.

„Dank dir."

„Nein, das lag nicht an mir. Du hattest den Mut, dich zu ändern. Du hast dich deinen Ängsten gestellt. All das hast du selbst durchgemacht, sonst niemand, und jetzt bist du – älter geworden", sagte sie und kämpfte mit den Tränen. „Wo führt das hin? Soll ich vor Freude weinen?"

„Wir brauchen beide etwas mehr Raum, Vilu. Du, um groß zu werden, und ich, um …", ihr versagte die Stimme. Ich wusste, dass es wegen Papa war, aber sie wollte dieses Thema nicht ansprechen und ging schnell davon.

Ich blieb im leeren Musikraum zurück … und aus meinem Versuch, mit dem Song voranzukommen, wurde nichts. Dafür tauchte mal wieder Diego auf, sah mich schweigend an, legte einen Brief auf das Klavier und ging.

Ich wurde so wütend, dass ich den Brief zerknüllte und in den Papierkorb warf. Bereits zwei Sekunden später bereute ich es, und mir fiel nichts Besseres ein, als ihn doch zu lesen.

Falls wir nie wieder miteinander reden sollten, möchte ich dir sagen, dass sich jeder einzelne Tag bis heute gelohnt hat – denn immerhin habe ich dich kennengelernt.

Mir gefiel, was er schrieb. Ich las es noch einmal, … und noch mal. Es inspirierte mich. Dieser Satz löste etwas in mir aus, und ich konnte mich wieder konzentrieren.

Abends übte und komponierte ich weiter. Ich ließ die Noten einen Moment lang auf dem

Klavier liegen, und als ich ins Wohnzimmer zurückkam, stand dort völlig überraschend eine neue Freundin von Papa. Sie sah die Partituren und fing an zu singen. „Du singst sehr gut!", sagte ich überrascht. „Oh, entschuldige! Hast du das geschrieben?"

„Ja. Für das Studio", antwortete ich schüchtern. Anscheinend gefiel es ihr so gut, dass sie weitersang. Ich machte mit, und wir sangen gemeinsam eine Strophe. In diesem Moment tauchte Papa aus der Küche auf. Er hörte uns fasziniert zu, und als wir geendet hatten, stellte er uns einander vor. Seine neue Freundin hieß Esmeralda. Papa lud sie ein, mit uns Abend zu essen. Wir verbrachten einen wunderbaren Abend zusammen, und das Beste war, dass Papa sich nach Langem zum ersten Mal wieder ans Klavier setzte. Ich freute mich über den Glanz in seinen Augen.

Vor dem Schlafengehen schrieb ich wie jeden Abend Tagebuch. Ich weiß nicht mehr, wieso ich das Tagebuch von Mama lesen wollte, bevor ich ins Bett ging. Ich suchte es in der Schublade, wo es immer lag, aber es war nicht mehr da! Ich durchsuchte jeden Winkel meines Schlafzimmers. Verzweifelt und überwältigt von Ohnmachtsgefühlen brach ich in Tränen aus.

Da platzte Papa herein wie eine Furie. „Hast du Angie eine Nachricht geschickt, dass sie herkommen soll?"

Ich war wie vor den Kopf gestoßen und wusste nicht, wovon er sprach. Ich war nur mit Mamas Tagebuch beschäftigt gewesen.

Aber Papa ließ nicht locker. Er war wütend, weil Angie aufgetaucht war und ihn mit Esmeralda gesehen hatte. „Du willst nicht, dass ich mich in dein Leben einmische, mischst dich aber in meins ein! Mit absurden Fantasien, dass zwischen Angie und mir –"

„Entschuldige, Papa, aber ich kann jetzt nicht", fiel ich ihm ins Wort. „Ich finde Mamas Tagebuch nicht! Es ist verschwunden!"

Ich war völlig aufgelöst. Papa sah mich betroffen und nachdenklich an. Dann zeigte ich ihm mein Tagebuch, damit er mir glaubte. Ich bat ihn zu lesen, was ich gerade geschrieben hatte, damit er begriff, dass ich Angie keine SMS geschickt hatte. In meinem Tagebuch stand, dass ich Esmeralda nett fand, für einen guten Menschen hielt und glaubte, dass Mama sie gemocht hätte.

Papa bat mich um Entschuldigung und bot an, mir beim Suchen zu helfen. Aber ich wollte allein sein.

Und zu meinem Kummer wurde alles noch komplizierter. Viel komplizierter.

Kapitel 5

Das Tagebuch blieb verschwunden. Als Angie davon erfuhr, kam sie so schnell sie konnte zu uns nach Hause. Sie fand mich in meinem Zimmer im Bett, inmitten der Unordnung, die beim Suchen entstanden war. Ohne Worte nahm sie mich fest in die Arme. So umarmten nur Mütter. Endlich fühlte ich mich nicht mehr so allein!

„Niemand versteht, was dieses Tagebuch für mich bedeutet, Angie! Es ist, als wäre Mama da. Nur hier erzählt sie, was sie zum Lachen oder Weinen brachte, was sie über das Leben und die Menschen dachte, was sie gerne aß und welche ihre Lieblingsfrucht war … Nur hier spricht sie über das Glücklichsein, das kurze Glück, das ich ihr geben konnte, und all das erzählt sie nur mir. Mir und niemand anderem. Verstehst du? Dieses Tagebuch ist das Einzige, was mir von ihr bleibt …"

Angie lächelte mich mit tränenfeuchten Augen an. „Lass uns gemeinsam danach suchen, dann wird es schon wieder auftauchen."

Überzeugt davon, das Tagebuch wiederzufinden, fing Angie an, mein Zimmer aufzuräumen, und sagte, ich solle mich fürs Studio umziehen. Aber ich rührte mich nicht und sah ihr zu.

Sie meinte, das Tagebuch müsse schließlich irgendwo im Haus sein und ich könne nicht im Studio fehlen, weil ich darauf wartete, dass es wieder auftauchte.

„Denk an sie. Deine Mama hat nie bei einer Probe gefehlt. Ob müde, gut oder schlecht gelaunt, ob mit oder ohne Probleme. Sie ist immer hingegangen und hat alles gegeben!", sagte Angie überzeugt. „Das Leben geht weiter."

Angie hatte recht. „Singen ist mein Leben" hatte Mama einmal geschrieben.

Ich ging also ins Studio. Dort erfuhr ich, dass Francesca sich nun doch mit Marco zusammengetan hatte. Und im Musikraum erkundigte sich León sofort danach, wie es mir ging. Er hatte bereits von Mamas Tagebuch erfahren. Ich sah ihn an und antwortete ehrlich.

„Weißt du was? Ich könnte jetzt eine deiner Umarmungen gebrauchen …"

Aber er reagierte nicht, schaute nach unten, und ich begriff. „Entschuldige. Wir sind ja jetzt nur noch Freunde."

Er sagte immer noch nichts, mied meinen Blick, und ich fühlte mich elend. Dann versuchte er, das Thema zu wechseln, und griff nach den Seiten, die ich auf dem Klavier gelassen hatte. Er las den Text meines Songs und sah mich an.

„Ist der neu?" Er las laut vor: „Jeder einzelne Tag bis heute hat sich gelohnt – denn immerhin habe ich dich kennengelernt."

Ich erschrak, es war ausgerechnet der Teil, den ich aus Diegos Brief übernommen hatte.

„León … dieser Teil …" Er ließ mich nicht weitersprechen, lächelte nur und ließ mich stehen.

Ich war immer noch traurig wegen Mamas Tagebuch. Camila versuchte, mich zu trösten.

Ich merkte, dass ich mich nach meinen Freundinnen sehnte, ich wollte wieder mit Camila und Francesca zusammen sein. Aber Cami war immer noch total sauer auf Fran.

„Ihr müsst einen Weg finden, euch wieder zu vertragen!" Alle litten aus verschiedenen Gründen. „Wir drei brauchen uns doch!", sagte ich noch.

Cami nickte, wechselte aber das Thema. Sie fragte nach meinem Song. Sie las den Text und hielt an der gleichen Stelle inne wie León: „Das ist von Diego", sagte ich.

„Sag jetzt nicht, dass du an ihn denkst!", sagte sie und machte große Augen.

„Nein! Mir gefiel der Satz, und deshalb habe ich ihn eingebaut, Punkt!", sagte ich. „León hat ihn gesehen, und er hat ihm gefallen."

Cami verstand immer weniger. „Ich habe ihm nicht gesagt, dass er von Diego ist. Ich will eigentlich nicht wieder anfangen zu lügen, aber wenn ich ihm die Wahrheit sage –"

„Da ist doch nichts dabei, aber sagen musst du es ihm."

Dann ging sie, und ich setzte mich ans Klavier, um zu singen. Es dauerte nicht lange, da platzte Diego herein. Wo kam der bloß wieder her? Auf einmal stand er da und sang mit mir im Duett. Eine Minute lang hörte er auf, die schreckliche Person zu sein, die er ist, denn das Lied klang wunderschön. Als wir endeten, sah ich ihn an und wollte ihm erklären, warum ich einen Teil seines Briefs in meinem Text verwendet hatte, aber er ließ mich nicht zu Wort kommen.

„Lass es uns nicht zerreden", sagte er. Dann lächelte er mir zu und ging ohne ein weiteres Wort aus dem Raum.

Als ich Camila traf, erzählte ich ihr von Diegos Auftauchen. Camila bohrte immer weiter nach, sie glaubte wohl, dass ich Gefühle für ihn entwickelte.

„Ich will nichts von Diego!", bekräftigte ich.

„Und warum hast du dann León angelogen?"

Ich wusste keine Antwort. Cami hatte recht! Genau in diesem Augenblick lief León an uns vorbei. Bevor Camila ging, brachte sie mich noch dazu, mit ihm zu reden.

León sah mich abwartend an. Ich versuchte, ihm die Wahrheit zu sagen, aber … ich brachte es nicht fertig.

„Gehst du mit mir ins Kino? Wie Freunde, nach dem Unterricht?", fragte ich stattdessen.

León war einverstanden, er würde mich später abholen kommen. Wir wollten in eine romantische Komödie gehen! Nach allem, was passiert war, hatten sich die Dinge doch noch ganz gut entwickelt. Dachte ich jedenfalls …

Gut gelaunt machte ich mich zu Hause zurecht fürs Kino, doch dann kam alles anders.

León war spät dran. Er rief an, um mir Bescheid zu geben, dass wir uns direkt am Kino treffen sollten, aber Papa war am Telefon und richtete mir die Nachricht nicht aus.

Darüber war ich sehr wütend! Papa sagte, er hätte es vergessen, aber ich war sauer. Sicher war das nur eine Strategie, um mein Treffen mit León zu verhindern.

„Das hast du extra gemacht! Jetzt ist es zu spät. Warum hast du nicht gleich Nein gesagt, dann hätte ich mich erst gar nicht darauf gefreut! Du bist … so was von gemein!", rief ich und verschwand in meinem Zimmer.

Ich rief León an und erklärte ihm, was los war.

Zudem war ich immer noch traurig wegen Mamas Tagebuch.

Am nächsten Tag machte ich mich auf den Weg ins Studio, um meinen Song fertigzustellen. Ich grübelte darüber nach, was ich mit dem Text machen sollte. Ich überlegte, Diegos Satz zu streichen, aber er war schön und passte so gut!

Und wenn León das erfuhr? Aber das musste ja nicht sein, schließlich war es mein Song. Was war schon schlecht daran, ihn so zu lassen? Es waren ja nur Worte! Diego bedeutete mir nichts. Nur, wieso konnte ich dann León nicht die Wahrheit sagen?

Im Studio ging ich direkt in den Musikraum. Ich erstarrte. Das konnte doch nicht wahr sein. Schon wieder Diego! Er zog einen zusammengefalteten Zettel aus seiner Hosentasche und gab ihn mir.

„Noch einer von deinen Briefen?", fragte ich kühl.

„Nein. Ich habe mir erlaubt, den Text des Lieds fertig zu schreiben, das du gerade komponierst. Ich hoffe, er gefällt dir", sagte er stolz.

Ich wollte ihn an Ort und Stelle lesen, aber in diesem Moment erschien León.

„Wieder wir drei! Das wird wohl langsam zur Gewohnheit!" Er sah Diego böse an. „Was machst du hier? Bist du spazieren gegangen und hast dich verlaufen?"

Diego sagte schnell, er hätte Marco besuchen wollen und sei vorbeigekommen, um mir Hallo zu sagen. In meiner Hand hielt ich den zu einer Papierkugel zerknüllten Liedtext. Diego verabschiedete sich, und León fragte, ob Diego mich belästigte. Ich verneinte und wollte ihm gerade das mit dem Text erzählen, als er mich unterbrach und mir erklärte, er habe sich sehr über die Einladung ins Kino gefreut. Darüber war ich so froh, dass ich ihm das mit dem Text doch lieber nicht erzählte, um den Moment nicht zu zerstören.

Auf dem Heimweg ging ich zum Platz, um mich auf meinen Song zu konzentrieren. Ich sang den Text, den Diego geschrieben hatte, und um ehrlich zu sein, gefiel er mir sehr. Und wieder tauchte Diego schlagartig dort auf! Langsam reichte es mir. War er mir gefolgt? Ich wurde sauer!

„Das ist Schicksal, dass sich unsere Wege ständig kreuzen. Du und ich, wir sollen einfach zusammen sein. Es hat keinen Zweck, dass du dagegen ankämpfst!", sagte er unbekümmert und gab sich als Verehrer.

Und da, ich weiß nicht, wie es kam, musste ich auf einmal laut lachen.

„Ich bringe dich zum Lachen."

„Ich lache, weil es unfassbar ist, dass du mit dem ganzen Theater immer weitermachst.

Du bist ziemlich aufdringlich." Diego sah mich bedeutungsvoll an, kam einen Schritt auf mich zu und flüsterte: „Du gefällst mir. Das passiert mir nicht oft. Ich lasse dich nicht so einfach gehen."

Ich wollte nichts davon hören und gab ihm den zusammengeknüllten Text zurück.

„Hast du Angst, dass León ärgerlich wird, wenn du ihn verwendest?", erriet er.

Darauf antwortete ich nicht, dankte ihm aber dafür, dass er León nichts erzählt hatte. Er bat mich, den Song nicht wegzuwerfen, es sei ein Geschenk. Dann ging er wieder und ließ mich nachdenklich zurück.

Ich besprach das Thema mit Cami. Sie fand es okay, Diegos Text zu verwenden, aufgrund ihrer Erfahrung mit Katastrophen riet sie mir aber, León alles zu sagen. Aber das konnte ich nicht!

Am nächsten Tag probte ich den Song mit Angie. Wir nahmen ein paar Änderungen vor, und sie fand ihn toll. Als wir fertig waren, tauchte León im Musikraum auf, weil er mich sprechen wollte. Vorwurfsvoll fragte er mich, warum ich ihm denn verschwiegen hatte, dass der Text von Diego war!

Jemand hatte es ihm erzählt. Ich sagte nichts. Dann versuchte ich, alles kleinzureden, und verlor mich in Erklärungen.

„Immer, wenn du das Lied singst, wird er dabei sein", sagte er. „Erzähl mir nicht, dass ein Lied nichts bedeutet."

Wir sahen uns kurz an, dann ging er. Jetzt war wirklich alles verloren. Gleich darauf erschien Ludmila. Sie erzählte mir, Camila hätte León gesagt, dass ein Teil meines Textes von Diego war. Ich machte mich sofort auf die Suche nach ihr. Was hatte sich Camila nur dabei gedacht?

In der Klasse war die Atmosphäre total angespannt. Ich weiß nicht, was passiert war, aber auf einmal waren alle miteinander zerstritten.

„Wie kommst du dazu, León zu erzählen, dass der Text von Diego stammt? Was für eine Art von Freundin bist du eigentlich?", fragte ich Camila.

„Du redest davon, eine gute Freundin zu sein? Als ich dich am meisten brauchte, warst du nicht für mich da!", mischte sich Francesca ein. Und sie hatte nicht ganz unrecht: das Verschwinden meines Tagebuchs, León, Diego, der Song …

Da schaltete sich Camila ein, und wir begannen zu dritt zu diskutieren. Maxi debattierte mit Broadway und Naty mit Maxi. Und mitten in das Geschrei platzte Antonio mit dem Intendanten, der voller Stolz auf uns die Bühnenvorrichtungen überprüft hatte.

Antonio bat uns, ein Standbild zu stellen, um dem Intendanten zu zeigen, wie eng verbunden und vereint wir seien. Sie ließen uns allein, damit wir anfangen konnten. Alle waren total aufgeregt und aufgebracht und redeten durcheinander. Wir mussten ein furchtbares Bild abgeben. Schließlich war ich es leid. Ich stieg auf die Bühne und nahm das Mikrofon.

„Was soll das hier eigentlich?", fragte ich. „Anstatt zusammenzustehen und unser Bestes zu geben, streiten wir uns?"

Alle hielten inne, und wir beschlossen, „Juntos somos más" einzuüben. Als wir uns dem Intendanten und seinem Gefolge präsentierten, hatte das Lied nie besser geklungen. Wir genossen es, auf der Bühne vereint zu sein, und Antonio war stolz auf uns. Einmal mehr hatte die Musik uns gerettet. Aber León war immer noch sauer auf mich, und das machte mich traurig.

Angie fragte mich, ob das Tagebuch wieder da sei. Ich erzählte ihr, dass ich es nirgendwo gefunden hatte. Sie meinte, es würde dann auftauchen, wenn ich am wenigsten damit rechnete.

Am Abend kam Esmeralda zu Besuch, die neue Freundin von Papa. Sie schenkte mir ein paar Partituren, und dabei rutschten ihr welche aus der Hand. Ich bückte mich, um sie aufzuheben – und da passierte das Allerbeste! Ich fand Mamas Tagebuch! Es lag auf dem Boden, dort, wo ich bestimmt schon tausend Mal nachgesehen hatte.

„Ich habe es gefunden, Papa, ich habe es gefunden!", rief ich überglücklich und fiel Papa und Esmeralda um den Hals.

Es kam mir komisch vor, aber ich wunderte mich nicht weiter darüber. Angie hatte recht behalten.

Kapitel 6

Zugegeben: Francesca hatte dazu beigetragen, dass Diego sich in mein Leben drängen konnte. Aber sie traf keine Schuld, also gaben wir uns, schlussendlich, ein Versprechen.

„Wir werden nie mehr schlecht voneinander denken und einander misstrauen, komme, was wolle. Auf ewige Freundschaft!"

Wir umarmten uns und sangen zusammen.

Mein Song war fertig, und er gefiel Beto. Am Schlussteil sollte ich ein paar Änderungen vornehmen, und ich begann, konzentriert an der Endfassung zu arbeiten.

Ich war gerade ins Klavierspielen vertieft, als Diego mich ein weiteres Mal überraschte! Es war schon wie ein schlechter Scherz!

„Wie lange willst du noch einfach so auftauchen?", fragte ich.

„Wie lange willst du dich noch vor der Wahrheit drücken?", gab er zurück.

Diego beharrte darauf, dass wir für einander geschaffen wären.

Da ich es inzwischen leid war, ihn zu beschimpfen, beschloss ich, die Sache mit mehr Humor zu nehmen. Der Typ war einfach supernervig, aber ich wollte mich nicht jeden Tag herumärgern müssen.

„Manchmal übertreibe ich es etwas, oder?", fragte er.

„Immer!"

„Aber du findest es witzig", sagte er cool.

„Na ja", antwortete ich.

Ich schickte ihn weg, aber er setzte seine Trauermiene auf. Ich erklärte ihm, dass ich ihn manchmal witzig fände, aber viele andere Male, also eigentlich meistens, überhaupt nicht. Und dass ich ihn nicht mehr sehen wollte, aber das kam nicht bei ihm an. Er verkündete, nicht lockerzulassen, wünschte mir Glück für die Präsentation meines Lieds und ging.

Jetzt fehlte noch Camila. Auch mit ihr mussten ein paar Dinge geklärt werden. Es war so langsam total absurd, zerstritten zu sein. Deshalb war es auch nicht schwierig, sich wieder zu vertragen. Schließlich lachten wir eine ganze Weile über uns selbst. Das musste heute Abend gefeiert werden: mit einer Pyjamaparty bei mir zu Hause!

In der Stunde bei Pablo war ich an der Reihe, meinen Song zu präsentieren. Bevor ich anfing, sah ich León, der vom Foyer aus zuhörte. Es war schön, ihn dort zu sehen. Als ich anfing zu singen, tauchte plötzlich Diego hinter León auf.

Ich wurde sehr nervös, aber was sollte ich machen? Als der Song zu Ende war, applaudierten alle. Ich konnte den Blick nicht von den beiden abwenden, weil ich wissen wollte, was da vor sich ging. Es war offensichtlich, dass sie miteinander diskutierten. So schnell ich konnte lief ich direkt zu ihnen. „Was tust du hier? Ich habe dich inständig gebeten, nie mehr ins Studio zu kommen!", sagte ich zu Diego.

León hatte die Nase voll und begann, ihm Vorwürfe zu machen. Diego provozierte ihn, und da ich befürchtete, dass alles ein übles Ende nehmen würde, versuchte ich, León zu beruhigen.

„Diego interessiert mich nicht! Ich weiß nicht, warum du ihn immer noch als Bedrohung ansiehst. Wenn du das nicht begreifst, schafft er es am Ende, uns auseinanderzubringen!", sagte ich zu León. Er sah mich ernst an. „Vielleicht ist es schon zu spät."

Seine Worte taten weh. Pablo, der den ganzen Tumult gehört hatte, kam nachsehen, was los war. Er schickte Diego weg und bat ihn, nicht wiederzukommen, weil nur Leute, die zum Studio gehörten, Zutritt hatten. Als Diego weg war, stellte Pablo León zur Rede. León versuchte, sich zu rechtfertigen, aber Pablo ließ ihn nicht ausreden und schickte ihn nach Hause, damit er über sein Verhalten nachdachte. León ging, ohne mich anzusehen, und ich fühlte mich schuldig an dem ganzen Schlamassel.

Camila und Francesca besuchten mich zu Hause, und wir waren froh, wieder zusammen zu sein. Papa wollte abends ausgehen, sodass wir unter uns sein würden. Ich hatte die Idee, Ludmila einzuladen. Sie hatte mitbekommen, dass wir uns trafen, und ich wollte nicht, dass sie sich schlecht fühlte. Camila und Fran waren erst dagegen, aber wir kamen zu dem Schluss, dass Ludmila sich geändert hatte.

Wir hatten gerade eine Menge Spaß, als mein Handy klingelte. Erst war es Diego, dann León, dann wieder Diego. Ich nahm lieber keinen der drei Anrufe an. Heute war Mädchenabend!

Ludmila fiel es ziemlich schwer, sich einzufinden. Sie war ein wenig in der Defensive und wollte nichts von sich erzählen. Wir gaben unser Bestes, um sie mit einzubeziehen. Wir waren mitten in ein Gespräch vertieft, als jemand an die Tür klopfte. Diego! Fast hätte ich ihn in hohem Bogen rausgeworfen. Er konnte doch nicht einfach abends so bei mir zu Hause auftauchen!

„Ich habe schon angerufen, um dir wegen der Party Bescheid zu sagen!", rief er freudig.

„Ich gehe nirgendwohin! Wir feiern gerade eine Pyjamaparty!"

Die Mädels waren sofort zur Stelle, um mich zu unterstützen und ihn aus dem Zimmer zu werfen, aber dann kam der Hammer.

„Die Party ist doch hier, bei dir zu Hause!"

„Was?", mein Gesicht verzog sich.

Wir beugten uns über das obere Treppengeländer und entdeckten, dass sich das Wohnzimmer in eine Tanzfläche verwandelt hatte. Unzählige Leute bewegten sich zum Rhythmus der Musik, die ein DJ auflegte. Ich traute meinen Augen nicht.

„Jemand hat eine E-Mail herumgeschickt mit dieser Adresse für die Party", sagte Diego.

Unter den Leuten entdeckten wir auch Marco. Francesca war sprachlos. Und auf einmal sah ich León, der überrascht auf mich zukam.

„Ich habe dich angerufen, weil ich gar nichts mehr kapiere. Hast du das hier organisiert?", fragte er mich.

Aber bevor ich antworten konnte, sah León Diego und dachte, ich sei nicht ans Telefon gegangen, weil ich mit ihm zusammen gewesen wäre. Gekränkt drehte er sich um und ging. Das Ganze wurde immer absurder: León sauer, Diego da, mein Haus voller tanzender Leute – und wir vier im Pyjama!

Als Angie nach Hause kam, war sie genauso überrascht wie wir. Aus irgendeinem Grund war sie zu uns zurückgekehrt. Bestimmt war sie mit Papa liiert, aber ich wollte nicht fragen. Es machte mich einfach glücklich, sie bei mir zu haben. Sie fragte mich nach Papa, und genau in diesem Augenblick donnerte er von der Tür aus: „Violetta!"

Ich erstarrte. Papa kam wütend herein und warf alle Leute hinaus. Innerhalb einer Sekunde war das Fest beendet, und das Haus leerte sich.

„Was ist das? Ich gehe eine Stunde weg, und du organisierst eine Party?"

„Das war ich nicht, Papa." Ich wollte alles erklären, aber Papa hörte nicht zu. Angie versuchte, ihn umzustimmen, aber auch das war keine gute Idee. Diego erzählte ihm, dass er hier war, weil er mir Bescheid sagen wollte, dass eine Einladung mit meiner Adresse im Umlauf war, aber auch ihm gelang es nicht, angehört zu werden.

Etwas später verlangte Papa Erklärungen von uns, und ich konnte ihm die E-Mail mit der

Adresse der Party zeigen. Das war ein schlechter Scherz! Nicht auszudenken, was hätte passieren können.

„Okay. Geht schlafen, es ist schon spät", sagte Papa schließlich. Ich umarmte ihn. Ich bat ihn um Entschuldigung für das Missverständnis, und wir gingen alle ins Bett.

Am darauffolgenden Tag im Studio wollte ich ein klärendes Gespräch mit León führen. Er sollte nicht denken, dass ich mit Diego zusammen gewesen war. Ich hatte wirklich keine Ahnung, wer diese E-Mail in meinem Namen herumgeschickt hatte.

„León, was ist los mit dir? Ich habe den Eindruck, du willst mit mir zerstritten sein. Du weißt doch, dass ich dich gern habe und mit dir zusammen sein will."

„Nach gestern fällt es mir schwer, das zu glauben", sagte er distanziert.

„Ich verstehe dich nicht. Hast du mich nicht im Pyjama gesehen? Ich bin`s, Violetta! Ich würde nie eine Party hinter Papas Rücken geben. Wie kannst du so etwas glauben?"

León sah mich an und antwortete nicht. Antonio unterbrach unser Gespräch mit einer unglaublichen Nachricht: Das Datum für unsere erste Show stand fest!

Alle feierten, nur León und ich konnten unsere Traurigkeit nicht verstecken.

Wir mussten überlegen, was wir für die Show vorbereiten wollten. Pablo fragte mich, ob ich Lust hätte, einen Song für ein Duett zu komponieren. Ich sagte Ja. Es sollte ein Song sein, der ein bestimmtes Gefühl ausdrückt.

„Das Gefühl beim ersten Kuss? Ginge das?", fragte ich.

„Wunderbar. Dann also der erste Kuss", sagte Pablo.

León sah mich aufmerksam an. Die Mädchen begriffen, dass ich dieses Gefühl seinetwegen ausgewählt hatte. Aber ehrlich gesagt schien es mir unvorstellbar, von León geküsst zu werden.

Kapitel 7

Diego rief wieder an. So etwas Penetrantes hatte ich noch nie erlebt! Doch zu meiner Verwunderung entschuldigte er sich für die Probleme, die er mir mit León gemacht hatte. Ich schöpfte Hoffnung: Vielleicht würde er sich ja geschlagen geben. Wie naiv von mir! „Ich werde nicht aufgeben", sagte er. „Ich weiß, dass ich manchmal wie ein eingebildeter Ignorant wirke, aber das bin ich nicht. Das ist nur Fassade. Ich mag dich einfach, ich spüre, dass zwischen uns etwas Schönes sein kann, und ich werde nicht aufgeben, bevor du mir nicht wenigstens eine Chance gibst. Nur eine."

Ich wusste nicht, was ich machen sollte. Er wirkte aufrichtig. Ich glaube, dass ich deshalb nachgab, und wir trafen eine Abmachung: Ich würde ein einziges Mal mit ihm ausgehen, und dafür hatte ich danach meine Ruhe.

Papa ließ mich gehen. Es fiel ihm sehr schwer, mir Freiheiten zu lassen, aber er gab sich große Mühe! Allerdings bat er Ramallo, mich hinzubringen. Aber ich konnte meinem Vater nie lange böse sein. Dafür liebe ich ihn zu sehr.

Als ich zu unserem Date kam, konnte Diego es kaum glauben. Er hatte befürchtet, ich würde ihn versetzen.

„Ich bin gekommen, weil ich es für wichtig halte, dass du ein paar Dinge verstehst", sagte ich.

Dann versuchte ich ihm zu erklären, dass ich kein Interesse an ihm hatte. Und dass es nicht von Bedeutung war, dass ich einen Teil seines Briefs in mein Lied eingebaut hatte.

„Du kannst sagen, was du willst, wir wissen beide, dass es etwas bedeutet, auch wenn du es nicht wahrhaben willst", sagte er, arrogant wie immer.

Diego blieb stur, und ich versuchte ihm klarzumachen, wie sehr ich León mochte. Und dass ich ständig Probleme wegen ihm bekam! Ich bat ihn, mich in Ruhe zu lassen, wenn er mich wirklich mochte. Er sagte, dass er daran gewöhnt sei, um fast alles im Leben kämpfen zu müssen. Ich begriff, dass es zwecklos war, weiterzureden. Ohne ihm falsche

Hoffnungen zu machen, verabschiedete ich mich von ihm und ging.

Als ich nach Hause kam, traute ich meinen Augen kaum: Da standen Papa, in Handschellen, und ein Polizist, der ihn gerade abführen wollte.

„Papa, was ist hier los? Was wird das?" Ich war wie gelähmt.

„Das ist nur ein Missverständnis, Violetta – kein Grund zur Aufregung. Mach dir keine Sorgen." Papa war trotz allem die Ruhe in Person.

Angie war da, sie glich einem Nervenbündel. Ich erschrak, als ich sie so sah.

„Sie können ihn nicht mitnehmen, er muss einen Anwalt anrufen. Er hat ein Recht darauf! Sie machen einen Fehler!", schrie sie.

Der Polizist ließ sich nicht beirren. Papa sagte, die Verwechslung würde sich bald schon aufklären. Er versprach mir, dass alles gut würde, und ging an der Seite des Polizisten aus dem Haus.

Obwohl ich sicher war, dass Papa nichts Schlechtes getan hatte, war ich niedergeschlagen und beunruhigt. Angie verließ das Haus, fest entschlossen, Papa nach Hause zurückzuholen.

Verzweifelt durchlebte ich die längsten Stunden meines Lebens. Als es an der Tür klingelte, rannte ich hin, in der Hoffnung, es wäre Papa. Aber es war León! Er wollte mir Gesellschaft leisten, nachdem er erfahren hatte, was passiert war.

Wir umarmten uns ganz fest. Das tat so gut! Dann sah er mir in die Augen und sagte beruhigende Worte, aber ich hörte bereits nichts mehr. Mein Herz und mein Verstand flossen über vor Liebe. Mein Traum schien in Erfüllung zu gehen, und wir waren kurz davor, uns zu küssen, als Esmeralda erschien. Dann Camila, Francesca und sogar Ludmila! Zum Glück musste ich in dieser Situation nicht allein sein. Später kamen noch Maxi, Naty und Andrés. Ludmilas Idee, zusammen zu singen, tat mir sehr gut. Beim Singen fühlten wir uns alle ganz nah. Die Musik brachte mich in eine andere Stimmung, und dann geschah das Beste. Papa und Ramallo kamen herein! Es war ihnen gelungen, die rechtlichen Probleme zu lösen, und Papa musste zum Glück nicht ins Gefängnis.

Abends kam Papa in mein Zimmer, um zu reden. Wir waren beide ruhiger und erleichtert, aber es war ein schwerer Tag gewesen.

„Vilu, Kleines … manchmal gibt es im Leben schwierige Momente. So wie jetzt", sagte er traurig.

Ich erzählte ihm, dass ich große Angst gehabt hatte, Angst, ihn zu verlieren. Papa lächelte. Er versprach mir, dass das niemals geschehen würde. Aber ich wusste, dass dies eine Art von Versprechen war, die nicht immer gehalten werden können. Es sagte mir außerdem, dass ich ihm Kraft gäbe. Es habe ihm geholfen, an mich zu denken.

„Ich liebe dich sehr“, sagte ich.

Papa deckte mich gut zu, gab mir wie jeden Abend einen Kuss auf die Stirn, verließ mein Zimmer und machte das Licht hinter sich aus.

Ich lag mit offenen Augen im Dunkeln und konnte nicht einschlafen. Was für ein langer Tag. Es war so viel passiert. Ich ging in die Küche hinunter und traf dort Angie. Sie hatte ein schlechtes Gewissen, weil sie mich am Nachmittag allein gelassen hatte. Wir umarmten uns ganz fest, und dieses Mal war ich an der Reihe, sie zu beruhigen. Ich dankte ihr dafür, dass sie sich so sehr um mich sorgte.

Gleich darauf erhielt ich eine Mail von Diego. Ich öffnete sie auf dem Handy und fand ein kleines Video von ihm, in dem er zu mir sprach. Er wollte bei mir sein, und um mich nicht zu nerven, schickte er mir seine Nachricht als Videobotschaft:

Ich schließe die Augen und denke an dich, an das, was du durchmachst. Ich sehe dich und stelle mir vor, wie du aus deinem Zimmer in die Küche und wieder hinauf gehst. Ich versuche dich zu beruhigen. Es ist nicht okay, dass das Leben voller unliebsamer Überraschungen ist.

Ich hörte Diegos Worte und sah mich unten in der Küche, schlaflos und verwirrt.

Deshalb habe ich einen Weg gefunden, ein Lied für dich zu singen, das dir helfen wird einzuschlafen. Ich kann mir vorstellen, dass es heute nicht leicht ist, Schlaf zu finden. Ich will etwas für dich singen, was dir hoffentlich guttut, und danach möchte ich, dass du das Licht ausschaltest, tief durchatmest und an deine Familie denkst. An diejenigen, bei dir sind und für dich sorgen. Und wenn du willst, spielst du dieses Video noch einmal ab und schläfst beim Klang meiner sanften Stimme ein.

Das sagte er mit einem Lächeln, denn er wusste, dass ich lachen würde.

Ich glaube, es war das erste Mal, dass mich eine Nachricht von Diego nicht nervte, sie klang zärtlich. Ich hörte das Lied nicht bis zum Ende. Ich schloss die Mail und schlief endlich ein.

Am folgenden Tag traf ich im Studio León, der gerade komponierte. Was ich hören konnte, gefiel mir sehr, und ich lächelte. León sagte, dass er mein Lächeln öfter sehen wollte. Dass er mich am liebsten immer so sehen würde.

„Dann lass uns von vorne anfangen, León. Ich möchte mir dir zusammen sein. Ich weiß nicht, was mit uns los ist, aber diese Distanz zwischen uns hat nichts mit unseren Gefühlen zu tun."

León sah mich völlig überrascht an. Er blieb stumm. Ich merkte, dass ich ihn in Verlegenheit gebracht hatte. Ich senkte den Blick, und als ich gerade gehen wollte, hielt mich seine Stimme zurück: „Ja, ich will!", sagte er.

Ich drehte mich fassungslos um, und wir sahen uns an, überglücklich.

„Ich hab dich so vermisst!", brach es aus mir heraus. „Ich dich auch ... viel zu sehr."

Erleichtert fielen wir uns in die Arme.

„Dieses Mal passen wir auf, dass uns nichts und niemand mehr trennen kann, ja?"

Er nickte. Mehr Worte brauchte es nicht.

Wir gingen Hand in Hand aus dem Musikraum. Es fühlte sich an, als würde ich schweben. Es war so lange her, dass ich mich das letzte Mal so gefühlt hatte. Aber wie immer musste etwas den Augenblick zerstören. Diego war wieder im Studio aufgetaucht!

„Ich habe mich für die Aufnahme ins Studio beworben", sagte er zu uns und sah León provozierend an.

„Machst du Witze? Du hast dich wirklich für die Aufnahmeprüfung angemeldet?", fragte ich böse.

Ich dachte, León würde noch heftiger als sonst reagieren. Aber nein. Zu meiner Überraschung gratulierte er ihm! Er gab ihm sogar die Hand und wünschte ihm Glück für die Prüfungen.

Diego ging weiter, und ich sah León verständnislos an. Er war sehr klar: „Bist du – hier und jetzt – wirklich bereit, mit mir eine richtige Beziehung einzugehen?"

„Natürlich! Ich liebe dich!"

„Dann lass uns keine Zeit verschwenden, indem wir weiter über diesen Kerl oder irgendjemanden sonst reden, der sich zwischen uns stellen will. Einverstanden?"

Ich umarmte ihn stolz und drückte ihn fest an mich, und zwar so fest, dass León lachen musste.

Diego begann, seine Gesangsprüfung abzulegen, und die Mädchen wollten ihm unbedingt beim Singen zuhören. Für sie war klar, dass Diego das alles wegen mir tat. Ich wollte lieber nicht darüber nachdenken.

„Uns Mädchen passiert immer das Gleiche! Die Jungs stellen die verrücktesten Dinge an, um uns zu erobern!", rief Ludmila.

Diego sang ein eigenes Lied, und ich konnte mir das Zuhören nicht verkneifen. Er sang sehr gut, sein Song fesselte mich. Als die Prüfung zu Ende war, wollte ich so schnell wie möglich gehen, aber es gelang mir nicht. León tauchte auf, und Diego nutzte den Moment für eine Provokation. Es fiel ihm nichts Besseres ein, als mich zu fragen, wie mir sein Lied gefallen habe. León erwartete aufmerksam meine Antwort. Ich wollte nicht lügen, aber ich wollte auch nichts sagen, was León ärgern könnte.

„Du bist auf demselben Level wie jeder hier im Studio", antwortete ich höflich.

„Ich will doch meinen, das war schon um einiges besser als der Durchschnitt", sagte er großspurig.

Es bestand kein Zweifel, dass man mit Diego nicht normal reden konnte. León und ich überließen ihn sich selbst und seiner Eitelkeit.

In der Nacht, als ich gerade dabei war einzuschlafen, weckte mich etwas auf. Und zwar Diego, der auf meiner Bettkante saß!

„Diego! Was machst du hier?", fragte ich und schreckte hoch.

Er antwortete nicht und fing an zu singen. Ich konnte es einfach nicht glauben! Wie war er überhaupt reingekommen? Ich wünschte mir inständig, dass er aufhörte. Dass er das Haus leise wieder verließ, bevor ihn jemand sehen oder hören konnte.

„Hör auf zu singen! Sei still, Papa wird dich hören! Hau ab!"

Ich fing an, ihn hinauszudrängen, aber er sang weiter, als ob nichts wäre. Ich schaffte es, ihn bis zur Tür zu schieben, aber als ich sie öffnete, wartete die nächste Überraschung auf mich. Dieses Mal war es León!

„León! Was ist los? Wie seid ihr hereingekommen? Papa wird euch sehen!"

Statt einer Antwort begann León zu singen. Ich verstand gar nichts mehr. Die beiden hier in meinem Zimmer, singend, um diese Uhrzeit! Ich versuchte, sie zum Schweigen zu bringen. Ich flehte sie an zu gehen, und als ich am Rande eines Nervenzusammenbruchs war … wachte ich auf. Es war alles nur ein Traum! Ein furchtbarer Traum, der zweifellos Probleme ankündigte.

Kapitel 8

Die Tage vergingen, und Pablo verkündete unsere nächste Show. Die Veranstaltung würde hier im Studio stattfinden, aber live über das Portal von Youmix gesendet werden. Außer persönlichen Songs sollten wir ein Gruppenlied komponieren. Ehrlich gesagt war ich immer noch beunruhigt wegen Papa. Seine rechtlichen Probleme waren weiter ungeklärt, mehr wollten sie mir aber nicht sagen. Ich war nervös und besorgt. Und es gab nichts, was ich für ihn tun konnte.

Mit León lief alles gut, außer dass Diego nicht müde wurde dazwischenzufunken. Diego schickte mir eine SMS mit der Bitte, ihn dringend anzurufen. Das war ungewöhnlich, und ich rief zurück, um zu fragen, ob er Hilfe bräuchte, aber nicht Diego, sondern León ging ans Telefon!

„Was machst du mit Diegos Telefon?", fragte ich verwirrt.

„Vielleicht sagst du mir erst mal, warum du Diego anrufst." León klang ziemlich verärgert.

Ich erklärte ihm, dass Diego mir eine SMS geschickt hatte. León sagte, ich müsste nichts erklären, und legte auf. Die Mädchen bekamen alles mit, aber niemand konnte sich einen Reim darauf machen.

Zum Glück kam León ins Studio, und wir konnten persönlich miteinander reden. Es war offensichtlich, dass Diego dieses Manöver absichtlich unternommen hatte, um ihn zu ärgern. León sagte mir, dass ihm Diegos Aufnahme ins Studio Sorgen mache, da es nicht leicht werden würde, das alles hier mit ihm zu teilen.

Unerklärlicherweise hatte ich trotz allem das Gefühl, dass Diego eigentlich in Ordnung war. Ich hielt ihn für einen eigensinnigen Jungen, der nicht daran gewöhnt war, seinen Willen nicht zu bekommen. „Wenn er ins Studio kommt, wird er nur ein Mitschüler mehr sein", spielte ich die Situation herunter.

León gab mir recht. Wir fühlten uns stark und beschlossen, uns nicht von Diego auseinanderbringen zu lassen.

Am Abend sah ich Papa. Er war ziemlich angespannt. Glücklicherweise war Esmeralda da, und wir beschlossen, ihn durch eine Überraschung auf andere Gedanken zu bringen. Gemeinsam sangen wir ein Lied. Papa gefiel es, ich spürte, dass es ihm guttat. Wem es allerdings überhaupt nicht gefiel, war Angie. Sie wollte uns nicht einmal zuhören.

Vor dem Schlafengehen kam sie noch in mein Zimmer. Ich sagte ihr, dass ich Esmeralda nett fände, aber ihren Ärger bemerkt hätte. Sie versprach mir, dass wir, komme was wolle, immer Freundinnen bleiben würden.

Diego rief mich an, und ich bat ihn, mir mit seiner Aufnahme ins Studio nicht noch mehr Probleme zu machen. Er erklärte mir, dass er schon immer gern gesungen und getanzt und es mir zu verdanken habe, an einem Ort wie dem Studio gelandet zu sein. Ich bat ihn, sich respektvoll zu verhalten, damit wir einfach gute Freunde sein konnten. Darauf bekam ich keine

Antwort – er konnte mir nicht versprechen, mich in Ruhe zu lassen!

Am nächsten Tag im Studio kam ich mit meiner Komposition nicht eine Zeile voran. Papas Situation und Diegos Anwesenheit raubten mir die Konzentration.

Francesca kam bei mir vorbei und erzählte, dass sie gehört habe, wie Diego von mir gesprochen hatte. Ich wollte gar nichts davon wissen, aber vergeblich. Francesca war nicht zu bremsen: „Er hat gesagt, er sei verzweifelt vor lauter Liebeskummer. Und dass er alles falsch mache – je mehr er deine Nähe suche, desto weiter treibe er dich weg. Und dass er noch nie so verliebt gewesen sei …"

Sie konnte nicht zu Ende sprechen, weil jemand an meine Zimmertür klopfte. Es war León. Francesca verabschiedete sich – besser gesagt, sie floh! – und León wollte wissen, wie es mir ging. Ich erzählte ihm von meinen Problemen mit der Komposition. Er hörte mir zu, bis Papa erschien. Wütend!

„Warum schließt du dich mit einem Jungen in deinem Zimmer ein?"

Wir hatten uns nicht eingeschlossen. León versuchte, sich zu entschuldigen, aber Papa war nicht ansprechbar. Er warf ihn einfach raus!

Ich wurde so sauer … Wir stritten uns, bis Angie hereinkam und wissen wollte, was los war.

Papa übertrieb maßlos: „Ich komme herein und sehe, wie sich Violetta und León küssen, das ist los!"

„Das stimmt nicht! Wir kamen gar nicht zum Küssen – weil du wie ein Irrer reingeplatzt bist!", entgegnete ich wütend.

Angie versuchte, mich zu verteidigen, machte damit aber alles nur noch schlimmer:

Papa warf sie aus dem Zimmer. Wir stritten heftiger denn je. Papa erteilte León Hausverbot, und ich durfte nicht mehr ausgehen. Nur noch ins Studio. Wollt ihr meine Meinung hören? Ich hielt mich für eine gute Tochter und fand, dass Papa manchmal sehr ungerecht zu mir war.

Im Studio traf ich León wieder. Die Prüfungsergebnisse waren veröffentlicht worden, und Diego feierte seine Aufnahme vor unseren Augen.

„Mach dir keine Sorgen. Wir haben gesagt, wenn er es schafft, aufgenommen zu werden, spielt das für uns keine Rolle", sagte León.

Bis zum Abend hatte Papa sich wieder beruhigt, und wir konnten reden. Er sah ein, dass er ein wenig übertrieben hatte, als er mich mit León gesehen hatte, und entschuldigte sich für seine Reaktion. Mir wurde klar, dass er wegen seiner Probleme überempfindlich war. Er versprach, dass bald alles vorbei wäre. Zur Versöhnung umarmten wir uns.

Wieder rief mich Diego an. Er hatte im Studio nach mir gesucht. Und wieder fing er damit an, dass ich endlich anerkennen sollte, was ich für ihn fühlte. Wie konnte ich ihn nur dazu bringen, mich nicht mehr zu bedrängen?

„Was willst du tun? Willst du mich weiter verfolgen, bis ich einwillige, mit dir auszugehen? Merkst du eigentlich nicht, wie kindisch das ist?"

„Ja, tue ich, deshalb rufe ich an. Du bist mir wichtig, genau wie das Studio. Ich wusste gar nicht, wie wichtig, bis ich die Aufnahmeprüfung geschafft habe. Und ich will, dass wir uns vertragen ..."

Diego schlug mir Waffenruhe vor. Ich war einverstanden, obwohl ich ihm nicht wirklich glaubte.

Am nächsten Tag im Studio kam Pablo wegen meines Songs auf mich zu. Ich erzählte ihm, dass ich nicht weitergekommen war, und er hatte eine furchtbare Idee! Er bat mich, den Song mit Diego auszuarbeiten und für einen gemeinsamen Auftritt in der Show einzuüben.

Ich war wie vor den Kopf gestoßen. Diego und ich konnten unmöglich zusammenarbeiten!

„Doch, zusammen. Es ist ein Duett. Ich glaube, eure Stimmen ergänzen sich perfekt, und das wird Diego helfen, sich zu integrieren", sagte Pablo, der sich seiner Sache sehr sicher war.

Diego sah mich an und lächelte zufrieden. Ich wusste nicht, was ich sagen sollte, und versuchte, mich herauszureden.

„Aber es ist ein romantisches Thema, und wir haben verabredet, dass es mit einem Kuss endet …" Mir fehlten die richtigen Worte, um mich zu verweigern.

„Ein fiktiver Kuss. Ein Teil der Show", ergänzte Pablo.

„Vielleicht fühlt sich Violetta nicht wohl dabei, dieses Lied zu singen und jemanden zu küssen, den sie kaum kennt", sagte Angie, die mir zu Hilfe eilte.

Diego genoss die Situation in vollen Zügen und machte sich an die Arbeit. Angie ging mit Pablo davon, ich wusste, sie würde ein gutes Wort für mich einlegen.

„Was denkst du, wie sollen wir anfangen? Ich würde lieber an einem ruhigen Ort arbeiten, bei dir oder mir zu Hause. Oder in einer Bar, wenn du willst", schlug Diego vor.

„Ich werde nicht mit dir zusammenarbeiten! Vergiss es!", erklärte ich ihm sehr bestimmt.

Ich dachte gar nicht daran, so etwas Lächerliches zu akzeptieren. Offensichtlich hatte er das alles eingefädelt, und ich hatte nicht vor, klein beizugeben. Wütend machte ich mich auf den Weg ins Studio.

Meine Wut war noch nicht verraucht, als unterwegs León auf dem Motorrad auftauchte.

„Diego hat schon angefangen, seine Fäden zu spinnen! Ich weiß nicht wie, aber er hat Pablo überzeugt, dass –", setzte ich aufgeregt an, aber er ließ mich nicht ausreden.

„Erzähl mir nichts, ich will keine Zeit damit vergeuden, über Diego zu reden. Ich werde es nicht zulassen, dass er sich zwischen uns stellt!"

Er lud mich zu einer Motorradfahrt ein und brachte mich an einen traumhaften Ort. León schlug vor, den Tag freizumachen, nur er und ich. Wir fuhren zum Fluss, an eine ganz besondere Stelle! Meine schlechte Laune war schon während der Fahrt wie weggeblasen.

An einem schönen blühenden Baum hielten wir. León erzählte mir, dass er sich diesen Ort zum Nachdenken ausgesucht habe. „Ich setze mich gerne hierhin und betrachte den Horizont. Lasse das Wasser alles wegtragen."

Ich liebte ihn so sehr! Er war wirklich ein ganz besonderer Junge. Wir betrachteten schweigend den Horizont, dann sahen wir uns verliebt an. Wir waren uns so nah und kurz davor, uns zu küssen, als mein Handy klingelte!

León bat mich, nicht dranzugehen. Ich zögerte, aber das konnte ich nicht machen. Es war Esmeralda! León sah mich erwartungsvoll an, doch Esmeralda bat mich, schnell nach Hause zu kommen.

„Keine Angst! Deinem Vater geht es gut, aber es ist besser, wenn du herkommst. Ich kann nicht am Telefon darüber reden", sagte sie ernst.

Wir mussten schnell los, darum bat ich León, mich nach Hause zu bringen.

Papa war nicht da. Esmeralda überbrachte mir die schlechte Nachricht: „Sie haben ihn verhaftet."

Ich traute meinen Ohren nicht. Was war geschehen? In diesem Moment brach eine Welt für mich zusammen. Ich war fassungslos. Esmeralda umarmte mich, und ich klammerte mich an sie.

Ich hatte große Angst. Esmeralda versuchte, mich zu trösten und davon zu überzeugen, dass sich alles aufklären würde, und dann kam glücklicherweise Papa zurück!

Ich freute mich, ihn zu sehen, aber er sah niedergeschlagen aus.

„Warum machst du so ein Gesicht?", fragte ich ihn.

„Mit geht`s gut, aber wir haben jetzt nur noch vierundzwanzig Stunden Zeit, dann müssen wir das Haus verlassen haben."

Ich war völlig perplex und sah ihn verständnislos an.

„Ich muss es ihnen als Kaution überlassen, damit sie mich bis zum Prozess freilassen", erklärte Papa.

„Und in der Zwischenzeit? Was werdet ihr tun? Wo willst du hin?", fragte Esmeralda.

Papa sagte, wir würden in ein Hotel ziehen.

Ich konnte nicht glauben, dass wir ein weiteres Mal würden umziehen müssen. Papa brachte mir einen Koffer aufs Zimmer, damit ich mit dem Packen anfangen konnte. Ich musste das Notwendigste fürs Hotel mitnehmen, obgleich wir keine Ahnung hatten, wie lange unser Aufenthalt dauern würde.

„Ich habe dich enttäuscht. Ich hatte dir versprochen, dass es kein Kofferpacken mehr für uns geben wird", sagte er tieftraurig.

„Das ist etwas anderes. Dieses Mal gehen wir, weil wir ein Problem haben, und wir werden es gemeinsam durchstehen, weil wir eine Familie sind. Das ist nicht dasselbe", tröstete ich ihn.

Papa machte sich große Sorgen. Ich versuchte, ihn aufzumuntern. Ein neues Leben stand uns bevor, aber das Wichtigste war, wie immer, dass wir zusammenblieben. Am nächsten Tag sollte eine Umzugsfirma kommen und alles in ein Möbellager bringen.

Zum Glück rief León an, um mir Gute Nacht zu sagen. Er wollte vorbeikommen, aber ich bat ihn, es zu lassen. Ich wollte Papa nicht noch nervöser machen.

„Zu mir kannst du ehrlich sein. Du brauchst nicht die Starke zu spielen. Ich weiß, dass du viel durchmachst und einen Ort für dich brauchst. Und dieser Ort wäre ich gern für dich", sagte León sanft und liebevoll, genauso, wie ich es brauchte.

„Das ist ein Moment, in dem man stark sein muss, León." Ich war sehr bewegt und musste die Tränen zurückhalten.

„Das bist du, aber lass mich bei dir sein. Lass mich dich umarmen, auf dich aufpassen. Dir das Gefühl geben, dass ich für dich da bin, komme, was wolle. Ich lasse dich nicht allein."

Ich schloss die Augen und lauschte jedem einzelnen seiner Worte. Und ich spürte ihn hier, bei mir, ganz nah neben mir.

„Ich liebe dich", sagte er.

„Ich liebe dich sehr", antwortete ich.

Alles um mich herum brach zusammen, aber innerlich fühlte ich mich zutiefst geborgen und behütet. Dank León.

Kapitel 9

Im Studio wussten alle bereits über Papas Situation Bescheid. Ich fühlte mich gut aufgehoben. Sie waren um mich besorgt und wollten wissen, wie alles weiterging.

Ich musste mit Pablo sprechen. Ich bat ihn, mir ein paar Minuten zuzuhören, und damit jeder Bescheid wusste, gab ich meine Entscheidung vor allen bekannt.

„Ihr wisst um die Situation, die wir in meiner Familie durchleben. Es ist alles andere als leicht für mich, aber ich muss euch sagen, dass ich das Studio verlassen werde."

Ich konnte die Wirkung meiner Worte an ihren Gesichtern ablesen. Sie waren schockiert.

„Bist du sicher? Ist die Entscheidung gefallen?", fragte Pablo. „Ja. Die Situation von Papa ist schwierig, das Studio muss bezahlt werden, und wir können uns diese Ausgaben nicht erlauben", sagte ich und kämpfte gegen die Tränen.

Die Mädchen hatten sofort die Idee, eine Geldsammlung zu organisieren. Aber ich war dagegen, ich musste die Realität akzeptieren und mich an den Gedanken gewöhnen, ein anderes Leben zu führen.

León umarmte mich fest und bot an, mich nach Hause zu begleiten, aber ich lehnte ab. Ich wollte Papa nicht verstimmen. Dann verabschiedete ich mich von allen und ging.

Francesca, Camila und Ludmila wollten mich begleiten. Sie kamen zu mir nach Hause und halfen mir mit dem Umzug. Mit ihnen zusammen ging alles viel leichter. Ich beschloss, mich nicht zu beschweren, nicht zu weinen und nach vorne zu schauen.

Als es an der Haustür klingelte, stand León vor mir. „Entschuldige, ich habe es nicht mehr ausgehalten. Ich musste dich sehen", sagte er und umarmte mich fest.

„Ich dich auch. Gut, dass du nicht auf mich gehört hast." Ich vergrub mich in seinen Armen.

Die Mädchen wurden nervös und ließen mich nicht wieder in mein Zimmer. Irgendetwas Seltsames war im Gange, denn sie wollten nicht, dass León heraufkam, und erfanden merkwürdige Ausreden. Darum ging ich allein hoch, um nachzusehen, was los war, und da begriff ich. Diego hatte sich heimlich in mein Zimmer geschlichen!

Francesca und Camila versuchten, ihn vor León zu verstecken, aber ich wollte keine Probleme bekommen. Ich nahm Diego am Arm und zog ihn aus seinem Versteck. León begriff, dass ich keine Ahnung hatte, wie Diego es angestellt hatte, hierherzukommen.

„Ich wollte dir meine Hilfe anbieten und keine Probleme machen. Aber diese beiden Verrückten haben mich in den Schrank geschubst", behauptete er frech. Camila und Francesca gaben sich gegenseitig die Schuld.

Als Diego ging, bekam ich einen Lachanfall. „Ich bin fast in Ohnmacht gefallen, als ich Diego gesehen habe! Wie seid ihr auf die Idee gekommen, ihn in den Schrank zu sperren?"

Sie sahen mich halb beschämt, halb belustigt an. Auch León war nicht sauer. Ein ums andere Mal tat er das Richtige, genau das, was ich brauchte, um ihn immer mehr zu lieben.

Dann holte Papa mich ab. Es war Zeit, das Haus zu verlassen. Ich verabschiedete mich von den Mädchen und umarmte León fest, und wir machten uns daran, die Taschen nach draußen zu tragen.

Ich betrachtete mein Haus zum letzten Mal. Ich erinnerte mich an alles, was wir dort erlebt hatten. Die erste Party meines Lebens. Meine ersten Akkorde auf dem Klavier. „In diesem Haus waren wir glücklich, nicht?", fragte ich Papa. Papa nickte verletzt, ohne etwas zu sagen. Dann gingen wir.

Als wir das Haus hinter uns ließen, sah ich lieber nicht zurück. Wir liefen schweigend nebeneinanderher. Keiner sagte ein Wort. Auf einmal geschah etwas Unerwartetes. Ein Taxi versperrte uns den Weg, und darin saß Esmeralda. Papa verstand überhaupt nicht, was los war. Sie stieg eilig aus und kam direkt auf ihn zu. „Ihr müsst nicht ausziehen! Mir ist eingefallen, wie wir alles regeln können", sagte sie entschlossen. „Ich kann die Beschlagnahmung aufheben, indem ich die Kaution bezahle!"

„Danke, aber das kann ich nicht annehmen", antwortete Papa niedergeschlagen.

„Bitte, Germán. Es würde mich glücklich machen, wenn ich euch helfen könnte. Ihr seid wie eine Familie für mich."

Papa blieb dabei. Ich sah zu ihm, dann zu ihr, und dann hatte ich einen genialen Einfall!

„Und wenn Esmeralda bei uns einzieht?", rief ich. „Sie lebt doch im Hotel, bis sie etwas Eigenes gefunden hat … " Papas Anspannung nahm zu. Esmeralda lächelte nervös. Sie dachte, ich würde Papa zu etwas verpflichten. Aber er erfasste die Situation und sagte Ja.

„Jetzt bin ich derjenige, der dich um dein Einverständnis bittet. Erlaube mir, mich für deine ganze Hilfe irgendwie erkenntlich zu zeigen." Esmeralda war einverstanden – es war für alle die beste Lösung.

Wir kehrten nach Hause zurück, ich räumte alle meine Kleider wieder in den Schrank und richtete Esmeralda das Gästezimmer her. Olga übertraf sich beim Kochen selbst. Wir waren froh, wieder zu Hause zu sein! Und alles dank Esmeralda!

Heute war einer der glücklichsten Tage meines Lebens, und er wurde noch schöner, als Angie mir eine unglaubliche Nachricht überbrachte: „Ich habe mit Antonio gesprochen und erreicht, dass er dir ein Stipendium gibt! Du kannst wieder ins Studio gehen!"

Ich konnte es nicht glauben. Wir waren völlig aus dem Häuschen und fielen uns um den

Hals. Gleich darauf lief ich los ins Studio. Ich wollte doch keine einzige Unterrichtsstunde versäumen!

Keine Frage, man muss auf Veränderungen vorbereitet sein. Kaum zu glauben, wie sich das ganze Leben von einem auf den nächsten Augenblick ändern konnte. Es war so schön, zurückzukehren und zu sehen, wie sich meine Mitschüler darüber freuten! Meine Freunde, meine Lehrer. León war genauso glücklich und stolz, und jeder kehrte wieder zur Normalität zurück. Außer Diego!

„Ich kann nicht glauben, dass wir endlich zusammenarbeiten werden!", meinte Diego, provozierend wie immer. Eigentlich wollte ich gar nicht mit ihm arbeiten, aber León riet mir, mich professionell zu verhalten, um gut zu sein.

Ich versuchte, Pablo zu überreden, meine Teilnahme an der Show rückgängig zu machen.

„Ich will dir keine Probleme bereiten, aber bei allem, was gerade los ist, möchte ich lieber nicht so viel Verantwortung in der Show tragen", versuchte ich ihn zu überzeugen. „Was willst du damit sagen?", fragte Pablo.

„Warum gibst du das Duett nicht Ludmila? Sie strengt sich an und hat sich sehr verändert."

Pablo gab nach, und ich teilte Diego mit, dass er das Duett nun mit Ludmila einstudieren sollte. Aber mein Plan ging nicht auf. Pablo hatte sich umentschieden und bat mich, das Duett wieder zu übernehmen! „Ich verstehe, dass du viel im Kopf hast, aber du weißt ja, wie sehr das Studio Youmix verpflichtet ist."

Mir blieb nichts anderes übrig, als einzuwilligen. Ich setzte mich ans Klavier und begann zu arbeiten. Ich wollte distanziert und professionell sein. In keine Gespräche verwickelt werden. Aber Diego starrte mich ständig an.

„Was ist los?“, fragte ich genervt.

„Du bist wunderschön“, sagte er, durchgeknallt wie immer. „Wenn ich dich ansehe, kann ich mich kaum noch konzentrieren. Was kann ich denn dafür?“, fuhr er fort. „Noch so was, und ich gehe!“ Ich hatte wirklich die Nase voll.

Es war schwierig, mit ihm zu arbeiten. Die ganze Zeit musste ich auf der Hut sein und seinen Schmeicheleien, Annäherungsversuchen und zweideutigen Witzen aus dem Weg gehen.

Wir sangen wie Profis, und der Song gelang uns sehr gut. Ich konnte die Gefühle zum Ausdruck bringen, die in der Show verlangt waren, aber am Ende hätte Diego mich beinahe geküsst!

Ich tötete ihn mit Blicken. Nichts würde mich dazu bringen, ihn bei einer Probe zu küssen!

„Irgendwann wird es so weit sein – das weißt du“, deutete er an und genoss mein Unbehagen.

„Als Teil der Show. Nicht jetzt, bei einer Probe!", bestimmte ich knapp. „Ich finde es furchtbar, dass du das benutzt, um dich an mich heranzumachen! So läuft das im Studio nicht", gab ich verärgert zurück.

Empört über Diegos Verhalten ging ich. Ich ertrug die Arbeit mit ihm nicht.

Als León mich fragte, was mit mir los sei, beschloss ich, ihm die Wahrheit zu sagen: „Diego wollte, dass wir den Kuss proben", sagte ich zögerlich, aber ohne Umschweife.

„Er wollte dich küssen – und, hast du ihn geküsst?", fragte er, ungewohnt direkt. „Neiiiiin! Wie kannst du so etwas denken?"

„Gut, dann brauchen wir das auch nicht ernst zu nehmen. Es ist nur ein Song, beruhige dich", erwiderte León erleichtert.

Ich umarmte ihn dankbar. Er hatte die Fähigkeit, mir in den schwierigsten Momenten meinen Seelenfrieden zurückzugeben. Jede Situation erschien leicht, wenn er mir zuhörte.

Aber in dieser Nacht hatte ich einen furchtbaren Traum. Ich träumte, ich würde León bei einer Gesangsprobe zuhören. Ich überraschte ihn mit Applaus und ging zu ihm, um ihm zu sagen, wie sehr ich ihn liebte. Er antwortete mir, ich sei das Mädchen, das ihm sein Herz gestohlen habe, und als wir kurz davor waren, uns zu küssen … war es nicht mehr León, sondern Diego!

Entsetzt wachte ich auf. Ich war erleichtert, als ich merkte, dass es nur ein Traum war. Ein schlechter Traum. Aber die Realität machte mir noch größere Sorgen: Der Kuss mit Diego rückte näher, und in der Show würde ich nicht darum herumkommen. Wie würde es León damit gehen?

Kapitel 10

Im Studio angekommen war ich in Gedanken immer noch bei der Probe mit Diego. Ich malte mir gerade tausend Entschuldigungen für Pablo aus, um Diego nicht küssen zu müssen, als Francesca und Marco mir den nächsten Schlag versetzten:

„Diego hat eure Probe mit einer Kamera aufgenommen. Bestimmt, um den Kuss zu filmen und León damit eifersüchtig zu machen", warnte mich Fran.

Ich erschrak. Eine Kamera war bei unserer Probe nirgends zu sehen gewesen! Aber mit einem solchen Video würde er keinen Erfolg haben, wenn er León damit provozieren wollte. Denn schließlich hatte ich Diego nicht geküsst!

„Im Video sieht es aber so aus, als ob ihr euch küsst", bestätigte Marco.

Ich verzog das Gesicht. Als ich mich umschaute, sah ich zum Glück in diesem Moment Diego. Ich fing sofort an, ihn zu beschuldigen. „Du bist das Allerübelste! Hätte ich dich doch nie kennengelernt!", rief ich zornig.

Diego verstand nicht, was ich meinte.

„Du hast eine Kamera aufgestellt, um den Kuss bei der Probe zu filmen. Was hattest du vor? Den Film León zu zeigen?"

Er versuchte, sich zu rechtfertigen, und behauptete, er hätte die Probe nur aufgenommen, um später Fehler korrigieren zu können, aber ich glaubte ihm kein Wort. Außerdem hätten wir uns ja gar nicht geküsst, und darum zeige die Aufnahme nichts Schlimmes. Ich erzählte ihm, was ich von Francesca erfahren hatte, und er sah mich erstaunt an. Ihm zufolge hatte sie das Video nie zu sehen bekommen.

„Die Kamera hat Marco mir geliehen, und ich habe sie ihm leer zurückgegeben. Da du so wütend gewesen bist, dachte ich, dass die Aufnahme sowieso unnütz sei."

Tatsächlich hatte er Zweifel in mir gesät, und ich wollte das Video mit eigenen Augen sehen. Marco holte seine Kamera, aber es gab ein neues Problem. Jemand hatte die Speicherkarte der Kamera samt Aufnahme mitgenommen! Wozu, konnte sich keiner von uns erklären.

Die Vorstellung, das Video könne im Studio die Runde machen, versetzte mich in Angst und Schrecken. Ich war wütend, empört, ein komplettes Nervenbündel.

Und dann war auch noch Generalprobe für die Show. Ich würde mich vor allen Leuten mit Diego küssen müssen!

„Violetta!", hörte ich plötzlich.

Es war Papa. Er war ins Studio gekommen, um Antonio für das Stipendium zu danken. Ich erschrak. Wenn Papa sich meine Probe ansah, endete alles bestimmt in einer Katastrophe!

Ich erfand eine Entschuldigung und bat ihn, zu gehen: „Weil mich das so nervös macht! Du weißt, dass ich total schüchtern bin, wenn du da bist."

Papa ging zu Antonios Büro, und ich lief in die Aula, um das Lied für die Probe so schnell wie möglich hinter mich zu bringen.

Wir sangen unseren Song sehr konzentriert, aber als zum Schluss der Moment des Kusses kam –

„Nein!", unterbrach uns Papa mit einem verzweifelten Schrei.

Es wurde ganz still. Papa stieg auf die Bühne und packte mich am Arm.

„Señor … es ist nur eine Probe", sagte Diego respektvoll.

„Halt gefälligst den Mund!", blaffte Papa wütend zurück.

Pablo versuchte, einzugreifen, aber Papa reagierte völlig über, und ich schämte mich abgrundtief.

„Es war offensichtlich ein Fehler zu erlauben, dass Violetta hier studieren darf!", erklärte Papa. Er schleifte mich aus der Aula hinter sich her. Ich versuchte, mich zu widersetzen, aber vergeblich. Er war wie ein wildes Tier!

„Papa, wegen dir erlebe ich gerade die schlimmste Demütigung meines Lebens", flüsterte ich bittend.

Bevor wir hinausgingen, begegneten wir Angie. Ich versuchte, ihr alles zu erklären. Papa war auch auf sie sauer, weil sie ihm verheimlicht hatte, dass ich in der Show einen Jungen küssen würde.

Angie und Pablo erklärten ihm, dass es sich um einen fiktiven Kuss handelte, aber das war ihm egal.

Schließlich brachte Pablo Papa dazu, ihm zuzuhören, und schlug vor, ihm den Kuss vorzuspielen. Er zeigte ihm, dass es einen Trick gab, mit dem man diesen Moment echt aussehen lassen konnte.

Papa beruhigte sich wieder. Immer musste er übertreiben! Dann ging ich wieder an meine Aufgaben.

Ich wollte León, der gerade an seinem Lied saß, erzählen, was geschehen war, aber er sah mich unfreundlich an. Irgendetwas war los mit ihm. Ich verstand nicht, warum er verärgert war, bis es böse und vorwurfsvoll aus ihm herausbrach: „Ich habe das Video gesehen, Violetta! Ich habe es gesehen, also lüg mich nicht an! Ich weiß, dass du Diego geküsst hast."

Ich war baff. Wie war er an die Aufnahme gekommen? Andrés hatte die Speicherkarte aus Marcos Kamera genommen – und León das Video gezeigt.

„Vielleicht sieht es so aus, als hätte ich ihn geküsst, aber ich versichere dir, dass es nicht so war. Außerdem, wieso sollte ich dich anlügen?"

León sah mich zweifelnd an, er war verletzt und enttäuscht. „Ich liebe dich, León. Und wie du selbst gesagt hast, kann uns nichts trennen, solange wir zusammenhalten."

Wir sahen einander in die Augen und umarmten uns. Zum Glück glaubte er mir. Aber wenn alles so weiterging, wenn sich jemand vorgenommen hatte, uns zu trennen … Ich wollte gar nicht darüber nachdenken, was noch alles passieren konnte.

Abends war die Stimmung zu Hause immer noch sehr angespannt. Ich war total sauer, weil Papa mich in eine so furchtbare Situation gebracht hatte, und er war verletzt, weil ich ihm die Szene mit dem Kuss verheimlicht hatte. Esmeralda versuchte zu vermitteln. Sie meinte, dass Papa mich wahnsinnig lieb hätte, und dann sagte sie etwas ganz Besonderes, einen Satz, den Mama einmal in ihr Tagebuch geschrieben hatte: „Solange ihr vereint seid, wird nichts Schlimmes geschehen."

Ich fand es unglaublich, denselben Satz aus Esmeraldas Mund zu hören! Ich nahm es als Zeichen des Schicksals. Mein Ärger verflog, und ich schloss Frieden mit Papa.

Am nächsten Tag musste ich wieder mit Diego proben. Ich war sehr ärgerlich und erzählte ihm, wie León reagiert hatte. Er gab sich unbekümmert, aber ich wusste, dass es ihn im Grunde freute, mir Probleme mit León zu machen. Er bot sogar an, mit ihm zu reden, um klarzustellen, dass wir uns nie geküsst hatten. Ich bat ihn aber darum, den Mund zu halten. Ich wollte einfach nur proben und diese verdammte Show hinter mich bringen.

Als León mit den Jungs probte, sah ich ihnen zu. Er war in glänzender Form. Mit jeder Sekunde verliebte ich mich mehr in ihn. Nach der Probe kam er zu mir und sagte todernst: „Ich habe gelogen. Ich habe gesagt, solange wir zusammenhalten, kann uns nichts und niemand trennen."

„Das verstehe ich nicht. Was willst du mir damit sagen?", fragte ich, ziemlich durcheinander.

„Dass es vorbei ist, Violetta", sagte er mit Nachdruck.

Ich konnte es nicht glauben. So plötzlich sollte Schluss sein? Was hatte ich denn getan, dass er mich so bestrafte?

León war wütend, weil er nicht glaubte, dass Diego und ich uns nicht geküsst hatten. Angeblich hatte Diego den Kuss zugegeben.

Es tat mir weh, dass León an mir zweifelte, und ich bat ihn inständig, noch etwas Geduld zu haben, bis die angespannte Zeit vor der Show vorbei war. Nach der Präsentation würde alles wieder normal werden. León gab ein weiteres Mal nach. Es war offensichtlich, dass er mich genauso liebte wie ich ihn.

Diego und ich hatten eine Probe auf der Bühne. Jackie, Marotti und Pablo arrangierten mit uns den Trick für die Schlussszene. Sie brachten auf dem Boden Markierungen an, an denen ich mich orientieren konnte, damit die Kussszene gut umgesetzt werden konnte. Meine Anspannung stieg. Aber Angie wusste mich zu beruhigen, und wir konnten in Ruhe arbeiten.

Abends hatte ich ein wunderbares Gespräch mit Papa. Alles war auf einem guten Weg.

Endlich war es so weit: Heute sollte die große Show stattfinden.

León umarmte mich und schaffte es wieder einmal, mich zu beruhigen. Wir versprachen uns, die Show zu genießen und nicht zuzulassen, dass Diego uns diesen besonderen Moment zerstörte.

Ich bereitete mich darauf vor, mein Bestes zu geben. Zu Hause würden alle die Übertragung im Internet verfolgen!

Endlich begann die Show. Wir sangen gemeinsam, und es war ein unglaubliches Gefühl, das wir in vollen Zügen genossen. Dann war mein Song mit Diego an der Reihe.

León machte mir Mut, bevor ich auf die Bühne ging. „Ich werde hier sein und dir zusehen. Sing einfach mit mir. Vergiss ihn. Sieh mich an, und wir singen zusammen, wie früher", beruhigte er mich.

Glücklich, einen so liebevollen Freund zu haben, ging ich auf die Bühne. Ganz entspannt sang ich meinen Song. Als wir ans Ende kamen, suchte ich schnell nach der Markierung auf dem Boden. Aber die Nerven gingen mit mir durch, und ich stolperte. Ich verlor das Gleichgewicht und fiel in Diegos Arme, der mich, ohne zu zögern, küsste!

Ich war wie versteinert und begriff nicht, was Diego getan hatte. Dann schaute ich dahin, wo León gestanden hatte, aber er war nicht mehr da. Die Mädchen sahen mich überrascht an. Niemand verstand, was gerade passiert war.

Nach dem Song suchte ich überall nach León, aber er blieb verschwunden. Und dann beschuldigte Diego mich auch noch, ihn geküsst zu haben. Er behauptete, ich hätte mich absichtlich in seine Arme geworfen.

„Gib zu, dass du dich von dem Moment hast mitreißen lassen und mich geküsst hast!"

Niemand glaubte mir. Dabei war ich wirklich gestolpert!

Untröstlich ging ich nach Hause.

Nach diesem schlimmsten Tag meines Lebens warf ich mich in Papas Arme, aber er reagierte kalt wie ein Fels: „Es gibt keine Entschuldigung für das, was passiert ist", sagte er streng. „Ich habe dir vertraut und geglaubt, und du hast mich enttäuscht", ergänzte er.

„Ich verstehe dich nicht, Papa", sagte ich erschöpft.

„Du hast gesagt, es würde keinen Kuss geben, und das war eine Lüge!"

Was mir gerade noch fehlte war ein weiterer Eifersuchtsanfall von Papa. Wir diskutierten heftig, es verletzte mich sehr, dass er nicht an mich glaubte. Dass er mir das Schlimmste unterstellte.

Traurig und verzweifelt schloss ich mich in mein Zimmer ein. Ich musste mit León sprechen, aber ich erreichte ihn nicht. Bis endlich mein Handy klingelte. Er war dran.

„León. Ich habe dich bestimmt hundert Mal angerufen, aber du bist nicht drangegangen …", flehte ich verzweifelt.

Er antwortete nicht. Ich wusste, dass er sauer war, hätte aber nie gedacht, dass er so hart sein konnte.

„Es ist aus, Violetta. Ich bin es leid. Wirklich. Bis hier und nicht weiter."

Ich konnte nicht reagieren. „Ich verstehe dich nicht. Was?"

„Es ist aus. Ich kann nicht mehr. Mit uns ist es vorbei", sagte er ernst.

Ich konnte nicht glauben, dass er mir nicht einmal die Gelegenheit gab, das Geschehene zu erklären.

„Du willst eine Entscheidung treffen, ohne auch nur anzuhören, was ich dir zu sagen habe?", fragte ich verletzt.

„Ich weiß, was passiert ist, ich war dabei. Es hat keinen Sinn, alles in die Länge zu ziehen."

Ich versuchte, ihn davon zu überzeugen, dass die Dinge nicht so waren, wie sie schienen.

„Es geht nicht darum, wie es scheint, sondern um meine Gefühle."

„Und was fühlst du?"

„Schmerz", sagte er. Das brach mir das Herz.

Der Gedanke, dass Diego schlussendlich bekommen hatte, was er wollte, und ich nicht erklären konnte, wie alles gewesen war, ärgerte mich, aber am meisten ärgerte mich, dass León am Telefon mit mir Schluss machte!

„Wenn ich dir sagen will, dass es aus ist, und dir dabei in die Augen sehe, weiß ich, dass ich es nicht schaffe", sagte er, am Boden zerstört.

Ich bat ihn, unser Gespräch am nächsten Tag fortzusetzen und so lange mit der Entscheidung zu warten.

„Ich kann so nicht weitermachen", erklärte er entschieden.

„Du willst nicht", gab ich zurück.

„Kann sein. Es tut mir nicht gut. Und dir sicher auch nicht. Mach`s gut."

Ich sagte nichts mehr. Nach einem langen Schweigen legte er auf. León hatte mit mir Schluss gemacht, und es gab keinen Weg zurück. Ich war traurig. So traurig wie nie zuvor.